随时随地 有滋有味

子沫 著

WUHAN UNIVERSITY PRESS
武汉大学出版社

伐木丁丁，鸟鸣嘤嘤

出自幽谷，迁于乔木

——诗经·小雅

许多渴望永恒的人，却不知道在星期天下雨的午后如何自处。

——苏珊·俄兹

目录

自序　静静地生活　/ 1

壹：晴耕雨读

那些寂静生活的人　/ 3
你自己的春暖花开　/ 7
纯色衣裳　/ 10
炉边夜话　/ 13
抽屉里的现世安稳　/ 16
摆一场“胭脂阵”　/ 19
阅读的女人　/ 22
失去的氛围　/ 25
小城念想　/ 28
晴耕雨读——书店里的影像诗　/ 31
绅士渐行渐远　/ 35

读书：一个人的开始　/ 39
不只是旧事——林海音的《城南旧事》　/ 40

闻鸡起舞——胡兰成的《今生今世》 / 45
良辰美景耐何天——汤显祖的《牡丹亭》 / 48
贫穷的高贵——《民国老课本》 / 51

贰：黑白记忆

黑白记忆 / 59
美是不讨好 / 62
一个人到底需要多大的空间 / 65
且行且珍重 / 69
不出远门的人 / 72
大雪纷飞，冬日小札 / 76
优雅无语 / 79
不做什么清单 / 82
种种可能 / 85
会涂口红的女人 / 89
清白家风 / 92

读书：许我一世清欢 / 99
世上已无芸娘——沈复的《浮生六记》 / 100
小河淌水——《古诗源》 / 104
这是一件有意思的事——清少纳言的《枕草子》 / 108
你使我感到分外的满足和虚空——《圣经》 / 112

叁：雨中书房

美感 / 117
荡气回肠的无用 / 121
世上最美丽的事 / 124
缓缓流淌的生命力 / 128
一个人的好天气 / 133
时间存折 / 137
古书之美 / 141
有味 / 145
雨中的书房 / 149
微凉光线 / 152

读书：与他人无关 / 157
天长地久的氛围——董桥的《旧时月色》 / 158
逝去的江湖——白先勇的《台北人》 / 162
田陇上的脉脉斜阳——龙应台的《目送》 / 166
平淡而近自然——柴静的《看见》 / 173

肆：夜色温柔

周末闲读记 / 179
不喧哗的方式 / 181

也曾心意沉沉　/ 186
阿城的闲笔　/ 190
向快乐的人致敬　/ 195
什么令你怦然心动？　/ 198
她们不慌张　/ 202
她听到了风暴——读《巨流河》　/ 207
独自吃饭　/ 212
字里相逢　/ 216
慢慢散步，够了　/ 219

读书：饱满的孤独　/ 223
好的阅读如茫茫大雪覆盖——曹雪芹的《红楼梦》　/ 224
张岱的短——张岱的《陶庵梦忆》　/ 229
目光如炬——《木心文学回忆录》　/ 234
枕边书　/ 240

结束篇：两相惜　/ 245

后记　/ 249

自序　静静地生活

夏天的时候，一位朋友邀请我去主持一个讲座，我不擅言谈，也不爱扎堆，但因为是朋友，也抱着一种分享的态度，我答应了，我说讲座的主题就叫“静悄悄地生活”吧：这是个喧嚣的时代，物质生活丰富，网络信息触手可及，可选择的东西太多太多，眼睛忙不过来，耳朵忙不过来，心却浮躁不堪，片刻清静不下来，看似丰富的背后充斥着大量重复、浪费和苍白无力。

安静是一种力量，静悄悄的力量。很多人选择多时，你可以选择少；很多人选择大时，你可以选择小；很多人随大流时，你可以选择独处。小而美，是一种力量。每个人可以不一样。这是我想讲的内容。也是我一直以来追寻的生活方式。

我对生活的理解，概括为四个字：另辟蹊径。周国平说，每个人在这个世上，都有最合宜的位置，只是很多人让这个位置空着，他们忙着找别的东西去了。这是很可惜的事。人这一生，说长不长，说短不短，如果生活能尽量跟“心”靠近一些，那么幸福感应该会多些。人终其一生，所要做的不是说服别人，而是说服自己。当然，这也是我在这本书中所想表达的主题。

讲座那天，大雨滂沱，这样的天气，我从武昌到汉口，一路上，车窗视线模糊，长江大桥雾霭沉沉，天地寂静，收音机里轻轻播着一首关于雨天的歌……

我讲得好不好已不重要，但那天我意外听到一位听众聊到这么一段，非常感动：他说某次公司开一个法律事务方面的会，在座一位不多言的律师引起了他的注意，该律师在一边安静地听，开口说话时，语速非常之慢，逻辑却非常之清晰到位，言简意赅，与其他人的咄咄逼人完全不同，给他的印象非常深，他觉得这个人很不一样。

后来，偶然看到了律师的家，他说自己明白了为什么他会有这样的状态。律师的家是一座八九十年代老式单元楼的一楼，很旧的格局，他利用门口的一小块空地设计了迷你型的小鱼池。麻雀虽小，五脏俱全。鱼池里放了水培植物，养了锦鲤；开辟了小菜地、花圃，光是蔷薇花品种就有二三十种，律师与他谈到花的种种特点，两眼发光。他还发明了用鸡汤喂鹦鹉，只用那么一点点，鹦鹉养得非常活泼。

他把客厅延伸到空地上设计成迷你玻璃阳光房，并设计了屋顶伸缩防热设备，还装了地暖。冬天，阳光房的地板暖烘烘的，他坐在地板上欣赏自己拍摄的花朵和金鱼照片，自得其乐。他家里全部用的是白色床单，非常洁净。就是在这所不起眼的七八十平米的旧房子里，他制造了自己的田园生活。这比起那些什么豪宅高级多了。因为它是一所有温度的房子。

我一向认为，“高级”这个词来源于自己的发明，你用自己的什么标签去诠释它，这与钱无关。陈道明说，简单就是高级。这位律师非常热爱生活，是不折不扣的生活家，凡事亲手做，他把居家生活本身看做是工作最好的调剂，完全不用去找别的放松方式。这让我非常感慨。这个社会的放松方式太五花八门了，放松与消费混为一谈，狂购狂吃，高大上的旅游……

想起了国外某获奥斯卡纪录片奖的导演，看完中国某部很火的纪录片后这样说：“美食是中国的国教，可能，购物会成为另一个。”被很多人忽略的是宁静生活的点滴和用心。律师说话语速慢，是内心从容的表现，他有四两拨千金的能力，凡事举重若轻，若没有日常生活的历练，如何能达得到？他在家常中有一种安静的滋养和沉淀。

从容宁静的人，背后一定有一些什么不一样，我关注这些不一样。

宁静夏夜，床头搁一本《浮生六记》，里面有这样的记事：荷花花瓣朝开暮合，黄昏时把茶叶放进去，晚上花瓣把茶叶裹住了，次日早晨拿出来，茶叶浸润了荷花的清新香气……

静好。清凉。四季更迭。万物有灵。

你安静的时候，时光如此珍贵。

壹

晴耕雨读

那些寂静生活的人

看过一个片断，是悼念王晶文的。他是侯孝贤影片《恋恋风尘》里的男主角，一生只演过一部影片。被朋友称为台北最安静的人，是朋友们的氧气。他一直住在九份，那个依山傍海的台湾小城，《千与千寻》的拍摄地。他的住处有一个露台，可以俯瞰北投一带的山间夜景。

他的好友回忆他，这样说："夏天山上夜风微微，暑气尽消；秋天竹叶翻飞，凉意初透；冬夜寒冷，屋里有炭火可以煮茶，热一杯酒。晶文是一个不必说什么话，可以坐在一起安静很久的人，他想他的心事，我想我的心事，有什么念想就说一说，不想说，就那样沉静着，也很好，酒没了，自己倒，喝多了，就说泡茶吧，好得天地间，可以自然自在，没有必须做什么，或者不能做什么。"

这种朋友静对，安静喝酒喝茶吹风的感觉，真好，真静。

《恋恋风尘》我看过，王晶文年轻时就是那样的性格，不多话，仿佛天大的事都像未曾发生过，温厚而不露声色。他一生只演过这一部影片，年少成名，却不想当演员，只想做一份普通的职业，安静地待着，就这么过完了一生，不带走一片云彩。

学者刘瑜曾提过，她说自己没有什么“圈子”，因为懒得去经营一种关系，很难享受到圈子的乐趣，很难找到和自己一样一望无际的人。多年来仅仅凭着与自己的对话，保持了创造力和战斗力。她一个人独处时，可以同时打开几本书，生活顿时车水马龙起来，她说：“我和自己的关系由此也从愤怒、厮打，打累了各自坐在角落里气喘吁吁走向和解甚至同舟共济。”这种一个人的车水马龙真好。

我不太懂音乐，但很喜欢一位谦虚地称自己为“业余音乐爱好者”，旅居加拿大的马慧元写的书。她是IT界的，从小学管风琴，对音乐的理解却别致通透。三联出的那本《写意巴洛克》尤其棒，让人真真切切地感受到了她的热爱和美感。

她极喜欢巴赫，她这样说：“那天下午，床单拿到楼下去洗了，我赤着足，安然躺在没有床单的床上，在金色阳光里翻着谱子辗转听巴赫CD中的三首曲子，听得想哭想笑想叹气……我的房间有三盏灯，开两盏就很亮了，可听音乐的时候，我常常得把三盏一起打开，造成一种热烈的‘织体’环绕，然后躺在床上。在大海一样的巴赫中，我的感觉和想象就如同红红黄黄的浮标一样，在星光下松弛自在地飘起隐去，而大海仍然是大海……

喜欢收拾房间，但要等到有心情的时候，把干活当成享受才可以。那天，阳光一朵朵在屋里绽开，我满心兴奋，趴在地上仔细擦木地板上的每点污渍，清理掉每一丝头发。这种活又繁又粗，可我总在这时候听巴赫的音乐，结果感觉居然整个事情都成为一种仪式：在那遥远清洁的声音和阳光里，一个人无声而小心地打理着自己的房间。时光汩汩，音乐滔滔，无论巴赫有多么深湛宽广，此刻他就是我的一个湿润的下午，一杯橙色的茶。”

她写到给她租住的公寓修理设施的工人罗伯特，“这个脑后一条粗辫子的爱尔兰后裔很喜欢听巴赫，每次开车过山时都听巴赫，老天，那是什么感觉，用‘道路’去感受音乐。罗伯特拿过地质学位，也曾是办公室白领，后来嫌不自由，干脆当了上班时间不固定的工人。他住在遥远的阿拉斯加，跟当地人一道猎鹿。那个比加拿大更靠北的地方，湖水在冬天冰雪的簇拥下是银灰色的，还有橘红嘴巴白肚皮的海鹦，彪悍的捕鱼人。罗伯特说巴赫的音乐能维持他精神上的健康平静。那寒光闪闪的声音里深埋着宽展的柔情，悄然融化掉我们对这个世界所有的恐惧和紧张。”

我因为这本书买来了《巴赫十二平均律》，对音乐，我仍然感觉外行，但我的评判只有一个标准，它是否让我宁静和舒适。在雨夜，扭开音乐，捧一本书，这种感觉真的宛如盛宴。这是一种迷人的氛围。

被称为影界莎士比亚的日本电影大师黑泽明，一天必吃四餐，称宵夜是自己精神上的营养。家人都睡了，深夜是他的学习时间，看书、绘画、写作，饿了，进厨房去做饭团或茶泡饭，要喝很浓的威士忌，身体和精神在暗夜里狂欢。真过瘾。

而我特别喜欢台湾学者林文月关于小酌的片断，因为宁静：初夏时节，夜深人静的时候，她和十二段家料亭的老板娘秋道太太共饮一瓶酒，敞开日式纸门窗，准备一些水煮毛豆，两个人慢慢喝到星星都困倦；在日式偏僻小镇温泉乡，一家人穿清简浴衣，足蹬木屐，去一家小酒馆，喝清酒，浴后身上的硫磺味还在，一壶酒一家人，外面下起了骤雨；与已成年的儿子来一次母子深夜对饮，准备一桌小菜，上好的白兰地，谈文学，音乐，这样的机会对于成年的母子来说，真的并不多……真正会饮酒的人不是喧闹，而是静寂悠长绵延不绝。那也是迷人宁静的氛围。

我看森下典子写的《日日是好日》，记住了这样一个场景，一个六十几岁的老太太参加茶会，刚好余下三个茶位时，她主动让给后来三个一起来的人，说自己带着书，再等等无妨。她端坐庭院，铺开腿上的驼色线毯，摊开一本书，时不时抬头望望庭院的远山近水，真是宁静好看。

你自己的春暖花开

一天下午，跟一位漂亮妈妈聊天，她奔 40 了，看上去真年轻，有一个 12 岁的女儿，喜欢假期带上女儿去旅行。她说现在很多人说某某地方不好玩，她不这样，她到每一个地方都能玩得很开心。上次去大理双廊，双廊近一两年很热门，于是，那里开始大兴土木，同去的人失望连连。她说："外面不好看，我就躲屋子里，双廊有一些客栈真是不错，面朝大海，春暖花开。"

她去找艺术家赵青的客栈青庐，她说那里住一晚上，消费很高，她呢，就点了一杯酸奶，找个角度坐下来看落日，这个屋子选的是洱海最佳视线角度，可以看到最美的落日，相当奢华。而且，最有趣的是，她还在双廊学到了一种酸嚷嚷的做法，做给我吃，自制酸奶加上米酒酿，再加上时令水果和葡萄干，口感纯天然，营养很丰富，好吃极了。她在大兴土木的双廊，没感觉到失望，相反觉得惬意极了。

著名的作词人姚谦说，现在满世界的宅男宅女，似乎是个贬义词，通常宅男宅女的形象就是很邋遢，很颓废，很没精气神。其实他也是宅男，但当个宅男也要做有品位的宅男。他这个宅男就相当有水准，他说家要收拾整洁，冰箱里要有新鲜食物，可以栽一些不需打理的花花草草，让自己的环境变得乐活，还可以准备三两个花瓶，去花市买些花回来插插，书架，咖啡，茶，还有令自己变得开心的家居服……当然还有精致的小音响。他说，即使是宅，也要宅得有品位，有精气神一些，取悦自己，做出点不一样的事，而不是一脸的自闭和封闭，这个区别很大。他说现在教人如何打扮出门的文章越来越多，却没有人教人在家如何穿得让自己开心，有些人宅得越来越有水准，越来越高级，有些人宅得脱离了世界。

读书也是一样的。一本《金瓶梅》，有些人读出来的是淫荡，而木心先生说《金瓶梅》里的女性心理描写无人能及，另一位研究传统文化的女人却是从书里读出了穿着名物、日常生活的很多细节，受益良多。

我认识的一个女人很有意思。很多人买小房子都是为了投资，而她在离家五百米的地方买了个高层公寓小房，30 平米，有一面窗临湖，这是她送给自己的。女人身兼数职，母亲、妻子、女儿，家里难免吵吵闹闹，不得安宁，很少有自己的空间。她需要这个单独的空间，作为情绪的出口。于是，在自己的承受范围之内她送给自己这个礼物。那栋公寓楼进进出出都是办公的人，她想独处的时候，便关起门来，享受自己的空间，这种美妙只有自己才能领会。

朋友闲聊，说现在高调夸张的男人很多，一吃饭就夸口认识谁谁谁，谁谁又赚了多少钱，好像别人是他家大哥。这类男人说话无趣加无味，还不识相。但是，也有一些相当低调的男人，不轻易说话，一说话就不一样。

有一次，某男谈起一个吃饭的场景，不是说花了多少钱，吃了什么海鲜鲍鱼，而是慢慢地说：那顿饭吃得好开心，在一个农家，主人去鸡笼里拿新下的鸡蛋，准备弄个辣椒炒鸡蛋，让我们尝尝什么是现场感。取鸡蛋时，母鸡明显很生气，扑腾一阵，让取鸡蛋的主人落荒而逃……众人哈哈大笑，于是吃了一顿有声有色还有现场配乐的辣椒炒蛋，辣椒是刚摘下的……这样的场景她印象很深，对那个说话的男人充满了好感。他在说话的同时传达了一种绿色生活的观点。有时话不要多，一段足够。朋友就和另几个朋友聪明地组织了低调男定期聚会，听他们聊各路话题，相当有提升。她从不抱怨男人，而是换一种角度去发现有趣的男人，从中学到不少东西。

任何事情都有良性的角度，你看到的，别人看不到。

纯色衣裳

昨天，看了老影片《克莱默夫妇》，给我印象最深的倒是克莱默妻子几次出场的衣服，都是纯色，相当简洁而别致：大地色的衬衣加风衣，或是深海蓝的衬衣和深褐色休闲长款外衣，还有米灰色简洁大衣，配上耳钉，相当女人。年纪越大，简洁和清爽才是最佳的搭配，大花大朵越发衬得人颓败和老气。

我的一位友人是穿衣高手。每次她出现在我眼前，我都觉得惊艳。她也是纯色高手。黑、白、灰、米、深蓝，干净，清爽，搭配得相当有味。她的衣服不贵，但有品位，不贵并不意味着廉价。她总说，色彩不要太过丰富，除非你是搞艺术的，驾驭能力超强，不然不要轻易尝试。

芭比布朗是有名的彩妆专家，但她非常喜欢黑色衬衣。我看过一张她五十岁时穿黑衬衣和牛仔裤的照片，随意坐着，齐肩发，非常养眼，非常好看。干净的头发和眼神，是黑衣裳最好的搭配。学会穿好黑，你就真的出彩了。驾驭纯色衣物的确需要女人丰富的心。

在街上能被我一眼记住的女人，不是穿得多花哨，多半是穿着素净的高手。昨天，遇到一位穿黑衣、戴咖啡色羊绒围巾的女人，很随意，但实在是好看得紧，我和身边的朋友都忍不住回头多看了一眼。很碰巧的是，昨天友人带我去一个新开的小餐吧吃饭，老板是个三十岁上下学美术的男子，看到的第一眼，就觉得这家店相当靠谱。果然，设计非常清简，却又不失特色，纯色当道，特别是卫生间，居然是设计在阳光最充足的位置，这个创意让我在心里暗暗称赞老板的高明。再回到老板的穿着，黑色毛衣，灰色围巾很自然地绕脖子一圈。系着黑色质地紧密的围裙，干净清爽得体，把纯色运用得别具一格，让人一下子就对这个店有好感。所以，一定要穿对衣服。

我的友人亚亚是位服装设计师，也是灰色控。她常常说高级灰，有一种神秘感。她也是我见过的穿灰色最好看的女人。我见过她为自己设计的灰色旗袍，这种色没人敢用来做旗袍，因为显得老气，可是她却穿得风生水起。她说老不老气不在衣服，而在人的神韵。她全身除了改良灰旗袍、干净的齐肩发，什么也不要。她说旗袍千万不要穿得隆重，而要穿得灵动别致。感觉她就像一个灰色的精灵，不拖泥带水，一转身就是万水千山。

上海女人很会穿衣。认识一位开手工品铺子的女孩，所卖商品跟她的穿着如出一辙，以纯色为主，米色、灰色、黑色，棉垫、用具、杯子，质地温润，一进去，非常舒服。她穿着米色吊带，灰色裙子，夹趾拖，和店的气场非常吻合。她在日本留学多年，深受影响，她说真正好的东西一定不会艳丽，它只是低调地藏起来，识货的人会一眼识得。我去时，正碰上她要出门办事，她拉下一件暗蓝色外套，盘好头发，拎一个布袋走在街上，气场十足。这么简单的衣服，穿起来却像一支舒适的小夜曲，流淌着某种韵律，让人想停下来望一眼。她笑着说，她的衣服都不贵，也不多，一季三四件就可。吊带，外套，裙或裤，纯色，然后保持皮肤干净即可。

穿着也是一种天赋，但完全可以学习。女人，看起来舒服比穿得漂亮重要多了。

炉边夜话

友人谈起美国很多家庭的夜晚，她说，漫长的冬夜，很多家庭就是围在壁炉边，听音乐、阅读、唱歌，享受着浓浓的安宁和温馨氛围。火光映在每个人的脸庞上，简单却发自内心的富足。她说，每次走过这样的窗口，都是莫名的感动，热气腾腾的感动。我想起了卖火柴的小女孩。其实透过另一个角度，看窗口里的生活，总有别样感受。现在时代不一样了，大部分人已不可能无家可归，哪怕是间陋室，都有灯光，都有书，都有火锅和热茶，当然，还有一家人。好像够了。可惜的是，那种围炉夜读的静谧氛围没有了，那种满足的表情没有了，迷人的夜晚也没有了。我也有这样的习惯，散步时，总是喜欢望别人亮着灯的窗口，他们的夜晚如何度过，在干些什么？一个家庭晚上做什么，决定你家庭的氛围。

友人讲起两件小事，她刚到美国北部小城定居时，冬天来临前，她发现书店门前排很长的队，她很不解，问其中的一个人，那人笑笑，很幽默地说：因为这里有漫长的冬天。买书过冬，像是松鼠贮粮，满是细细的喜悦。只是因为，小城，有漫长的冬季；而圣诞节来临前，书店同样也是排队的，买书度假；小城的作家出了新书时，同样也是排队买的，他们认为这是小城的骄傲……种种排队买书的理由。友人说，多少年没看到书店排队的场景。这场景令她意外，并深深感动。友人很感慨，说有一次看到《纽约时报》刊出了一张照片，是一个中国女人手上举着六个 **LV** 包从人群中挤出来……对比别人的排队买书，我们倒是损失了一种久违的宁静，有点过分物化了。

前一段时间，看一位台湾人的书，我深深记住了她童年时那些简单迷人的夜晚："台风天带来倾盆大雨，父母亲对坐在火炉旁边烤尿布，红通通的炭火，火炉旁边妈妈听着大大(父亲)诵读他的中篇，大大低沉的声音，和门外的雨声，把我们带进深邃幽美的故事里去了……父母亲闲闲地聊天，我和妹妹在一旁玩，任凭外面的大风大雨，越大才越好呢。只觉得爸爸妈妈这样亲，半明里的五斗柜，柜上的收音机，书桌，藤椅，一个个笨重的实体，都是这样亲，我望望父母的脸，安心极了。"看到这样的场景，不知怎么，不相干地想起一位热爱古书的朋友，说到对古书的日常养护，她的方法只是常常翻动，用手抚摸，就像对待需要关爱的孩子。这是她认为的最好方法。人和书，人和人，不过是一种能量的传递。其他的，并不重要。

也一直记得别人提到过的一个有关壁炉的夜晚：橡木桶改造的小圆桌，一顿酒宴。白葡萄酒煮牛腩，红葡萄酒炖牛肉，花雕酒煮只鸡，姜片去了皮加雪梨炖红酒汤，热热乎乎。一顿简单、微醺的家宴，每个人的脸都是红扑扑，从里到外暖融融。世道如此多变，只有在自己的一亩三分地里撒欢打滚吧。我们有时把生活看得过于庞杂，内心不清静，看不到生活里的“小”罢了。人生，结结实实拥有一个迷人的夜晚也是一件了不起的事。

冬天寒冷的雨夜，下了很久的雨，空气中隐约有潮气，衣服久久不干。当时暖气还未来，烧一只小巧炭盆，无烟炭，烤一只橘子，烤香的橘子剥开来是呼呼冒着热气的，吃起来有小时吃的橘子罐头的味道，简直令人惊喜。小小的炭盆，让夜晚有了迷人的意味。

抽屉里的现世安稳

我到肖红的办公室找她办事。她拉开抽屉给我拿东西，她的抽屉，整洁得让我意外。按多数人的想法，桌面清洁就 OK 了，至于抽屉，谁看得到呢？她的抽屉像一个展台，工工整整，分门别类，有一个木盒专门存放零散之物，比如创可贴、指甲剪、清凉油等以备不时之需的小物件，还有一双备用丝袜；要用的文件资料用漂亮的夹子夹好，用标签备注，一目了然；我注意到一个细节，她还有个抽屉是专门放购物袋的，以备不时之需，一拉开，连塑料袋都叠得整整齐齐，按颜色分类，抽出一个，干干净净，平平整整。她用漂亮的红色袋子装上我要拿的东西，递给我，简直像一个精美的礼物。我忍不住赞叹了一句，你太注意细节了。的确，谁会注意到一个购物袋的存放？她说："我一直都这样，喜欢整洁，什么东西都有个安放的地方，分门别类，这不难。一个连周围物品都不整洁的人，内心一定是零乱的。"

的确是这样，很多人根本没有清理的习惯，心呢，也真的杂乱无章，经常莫名其妙地烦恼，分不清主次。难怪肖红任何时候都镇定自若，从不语无伦次，这也跟她的抽屉如出一辙。

我很好奇她的家，找了个机会去参观，比我想像的还好。她每天喜欢顺手收一下，不要的东西就随时清掉，家里简单干净，时间长了就成习惯了。东西收拾好了，人清清爽爽，没什么纠结之事。她有个癖好，特别喜欢收拾柜子，学到一种不错的收纳方法，回来就迫不及待地试验，把自己的柜子重新收拾一遍，这对她来说是一件快乐的事，像一个小小发明。她教我一个内裤的叠放方法，对折然后下端折进去，不占空间又卫生。她拉开柜子里的抽屉，内衣小物件叠放整齐，要用时抽出一件就行。我还看到一个细节，她的毛衣叠得整整齐齐，一件摞一件地放着，上面还盖着一块纱巾，说是防灰用的。这个柜子给我的感觉像是皇帝的寝宫，很豪华很整洁，每个物品都安放得妥妥帖帖，恰到好处。虽然柜门一关，谁也看不到，但你能想像她对生活的要求，她总说看着清理好的柜子，心情特别舒畅。她的家庭档案抽屉则让我惭愧不已，拉开抽屉，叠放着各类文件夹，上面用小标签备注：历年电器发票保修卡；孩子从小到大的病历档案；夫妻两人的各类证件；旅行时的车票门票(仅作为纪念用)……

我很荣幸有一次机会跟她同赴北京，发现她有一个随身小箱子，里面简直是个小仓库：小袋洗发水、拖鞋、创可贴、肚痛灵、感冒药，密封得整整齐齐，要什么，拿起来就好用。她住宾馆时，把衬衣从箱子里找出来，平铺在床上，抹得平平整整像烫过一样。这样的细节永远印在我的脑海里，女人太不一样了，学海无涯啊。

你任何时候看到她都是干干净净的。一家人走出门也是干干净净，低调着装。对她来说，整洁只是一种习惯，而不是劳动。她很感慨现如今的女人怎么能如此不修边幅，外面很光鲜，但一到家里乱七八糟，抽屉柜子根本是不能看的。这是个坏习惯。她教育女儿从小就要整洁，从房间到自己的衣服，整洁是一种教育，长大了很难改。因为小时候父母是这么教的，自己也是这么做的，自然而然，让她受益终身。

摆一场“胭脂阵”

龙应台提到过一个细节，我印象很深：她的母亲已经老年痴呆，每每去屏东看望母亲，她都买很多不同颜色的指甲油，专门用来跟母亲消磨卧房里的时光，因为母亲年轻时爱美。“把从新西兰带回来的绵羊油倒在手心上，轻轻揉搓这双曾经劳碌不堪、青筋暴露而今油尽灯枯的手，然后细细地涂上指甲油。我认真而细致地‘摆布’她，她静静地任我‘摆布’。我们没法交谈，但是，我已经认识到，谁说交谈是唯一的相处方式呢？还有什么，比这胭脂阵的‘摆布’更适合母女来玩？”她用的背景音乐是周璇的老歌《夜上海》……

谁说交谈是唯一的相处方式？对极了。这两天我重感冒，儿子也感冒，我躺在床上休息，他得做作业，但又想有人陪他，于是，他把作业搬到我的房间，坐在床边做，时不时倒在床上靠会儿。我从温暖的被窝里伸出手摸摸他的头，不用说话，也是一种无声的交流。有时，他做作业，我会到他的房间里写读书笔记，宁静的灯光下，只听得唰唰的写字声，同样是一种交流，寂静的交流。

我家先生和儿子之间每天进行着一个目送的游戏，坚持了很多年。我家住七楼，从小学开始，儿子独自背着书包上学，先生站在七楼客厅的窗口，一直目送他远去，看着他消逝在两个拐弯处。每到一个拐弯处，儿子都会回头，看我们在不在。先生不在家时，就是我接替这个游戏，从未断过。他从幼儿长成了英俊少年，从一蹦三跳到书包越来越沉重，表情复杂了，但他还是那个阳光的少年，从未远离过。有时，亲人间，因为一转身的背影，沉默地生发出不一样的感觉。

很多夫妻时常因为无话可说而怨气连天，可是我的一位朋友阿欢从来没这些烦恼。她说每天晚上，她喜欢的事是打开收音机织毛衣，成为一个安静的背景。想想这样的画面，给周围的人什么样的气场。她说老夫老妻哪来那么多话讲？她倒是练就了一手织毛衣的绝活儿。我就收到过一条她织好的豆绿色棉线围巾，非常温暖好看。

朋友从意大利带回一只摩卡壶，说是每天都要在家煮咖啡，我很奇怪，她从不喝咖啡，而且她老公胃病很严重，根本不能喝咖啡。她笑笑说，我老公以前在国外待过几年，非常喜欢咖啡，每天都喝，现在是因为身体原因不能再喝了，但我知道他喜欢，每天煮一小壶，让他闻闻香就好。她说家里每天飘着一种咖啡香味，在这样的氛围里根本不用多言，大家都很放松。有时候，用气味去交流就好了。

我一朋友更是奇葩，他在外企工作，非常忙碌，但他每天会有一小时把手提电脑拎回家陪母亲做饭，坐在厨房的小餐桌上处理自己的工作。母亲在厨房里洗菜择菜煲汤，他忙他自己的，跟母亲也没过多的话。但是键盘声，母亲的洗菜声互不打扰，非常和谐，他说，母亲需要，他也需要这种氛围。当初在公司边上给父母买这所小房子就是这个原因，只是一种无声的陪伴，有时饭都来不及吃，但是感觉真挺好。

龙应台说："涂完她所有的手指甲，到我自己。黄昏了，淡淡的阳光把窗帘的轮廓投射在地板上。我拿出十种颜色，每一只指甲上一个不同的颜色，从绯红到紫黑。"像是一场秘密的游戏……

生活，远远不是非此即彼的事，总能找到妥帖的第三种方式。

阅读的女人

很感谢我的一位朋友推荐给我看的《阅读的女人》——一部国外的图片书。从中世纪开始，各种类型的女人阅读的图片，有篷皮杜夫人很贵气的图片，画面呈青绿色，修长指尖握书，暗地妖娆；有女仆坐在木质客厅的窗口阅读的背影，画面呈青灰色，远远的有一双还未来得及收拾的鞋子，一派宁静和乡土；一个老年妇女坐在床上阅读的侧影，也许岁月所剩无多，唯有沉浸在书的世界里，她才能拾起尊严和体面，画面是黑白色，肃穆宁静安祥……

今年是我的阅读年，无意中勾起了很多读书的欲望，阅读深入了许多。是从木心先生的《文学回忆录》开始的，对这本书的喜爱程度超过了自己的预料。厚厚两大本，我认真读了两遍，第二遍是边读边记笔记，而后也旁枝末节地开始读一些其他的以前未认真读过的书。有些东西，好还是有理由的。一些持久的读物是有高贵感的，比如木心先生提到哈代，对他的文字赞不绝口，而我也因此把大学当小说匆匆读过的书《苔丝》重新找来，认认真真读了一遍。掩卷后，内心有一种深层次的宁静。好的文字有大雨滂沱之感。

做不到好，一定要知道什么是好。

幸福快乐的途径很多，而阅读，是最便宜的。我对阅读的女人有天生的好感，有时候，她们用一本书就可以屏蔽外界的喧嚣，有那么一点点不一样，她们才能通向永恒的宁静。宁静在这个世界中是一个多么高贵的词。这个世界，到底还是有那么一点点与钱无关的存在。你找到了，便是某种幸运。

很多年前的乡间小院，奶奶的老屋院落，盛夏，栀子花开，隐约香气流转，院子里两张老竹床，一张上放着盆子装的柴火粥和几碟菜园现摘现炒的小菜，一盘是辣椒茄丝。小时候我爱吃茄子，但现在茄子早已失了味，我再也不爱吃……我躺在另一张竹床上看《红楼梦》，那是我第一次看《红楼梦》……表姐坐在一边，跟我有一搭没一搭地说闲话，那时彩霞满天，奶奶还算年轻，而今她早已故去……老家也已成了一个传说。

冬天的夜晚，白雪茫茫，暖气水管沽沽地响，屋内灯光暖暖，拥被而读，这是每天出现在我家的场景。与此同时，我家电视用的还是十几年前的。电视，偶尔看看就行，要那么多功能干什么？电视只能让一个人的脑袋变得停滞，不会思考，而书不一样，它是流动的盛宴。

火车上，一件清简的白衬衣，窗外的风景，手中的旧书，无意中，我也成了别人眼中的风景……

我背黑色大布包，里面有书，有本子，无风仍脉脉，无雨亦潇潇……我喜欢这种感觉，与自由相关。香奈尔说，你要钻进一件衣服里，然后展翅高飞，而我想说，沉浸到一本书里，然后展翅高飞。殊途同归。

失去的氛围

前段时间去一个地方，这个地方其实相当不错，天然绿化环境好，地理位置也好，三城交界，停车也相当方便。里面也是一应俱全，工作室，咖啡馆，带庭院的餐厅，青旅什么的都有。中间间隔的是千年古树，对面就是山，可谓得天独厚。但是转了一圈，就是谈不上喜欢，也不怎么想坐下来。后来仔细想想，所有的东西都有了，独独没有氛围。氛围，是个多么重要的词。店主一个个在扮着某种时尚和酷，但缺少一种氛围。

最近有朋友从台湾回来，很有感触地聊一些事，跟这个正好是对应了。

朋友最有感触的还是他们开小店的人。不像我们这边开个店搞得很大声势，对他们来说，多大点事啊，不过是生活而已。店面外观上都是破破烂烂，以旧著称，所以很多人一到台北，如果看个外表，就会很失望。但是它们相当干净，一个再小的铺面，都懂得隔出一个小庭院，栽些花花草草有生命力的东西，看上去很舒服，跟居家一样。面馆、咖啡馆的老板娘都是中年人，笑容温暖。台湾的女人看上去很舒服，不是因为多，而是因为少，复杂的化妆只被她们减化到修眉和口红。看到一家店就像遇到一种生活方式，可以停下来歇个脚，聊点什么，收获一点什么。

朋友慕名去一家店，可是吃了闭门羹，按上面电话打过去，老板娘倒是很快过来了，但很客气地对他们说：今天家里有点事，不能开门，实在对不住了。只是礼节性地解释一下，该干什么干什么，绝不以开店影响自己的生活节奏。更有意思的是，朋友去台北“故宫博物院”一个小小的工作室，里面设计的衣物全部是纯色，超简洁的款式。一种色，比如灰色，达十多种灰，深灰浅灰铁灰雅灰……深深浅浅，层次分明，把朋友看呆了，别人没什么新鲜款，都是最简单的领口袖口，只是色彩上有变化，让你选最合适的色而不是款。在他们看来，穿最简单的款才是真正的品质。色彩对肤色很重要，别人是不要大花大朵的，只是在明暗度上有区别，朋友一下就惊艳不已。

也只是一个小小的工作室，还开在台北“故宫博物院”，服装价格不过三四百元，天然材质，比起我们这边高大上动辄几千元的奢侈货，实在让人惊掉眼球。友人脑子很活，马上想到动员工作室的人在大陆开个分店，由她来代理。但是人家摇头说不想太累，也不想做太多，有人喜欢就好，不想开什么分店了，很麻烦。台湾人是不想开什么分店的，一家煎饼店做上 60 年，一家人红红火火地生活就行，他们可不想搞什么大产业。找上门来的钱也不想赚。人家有自己的规则，笃定的价值观。

朋友说台北店铺有一种怀旧和迷人的氛围，天长地久的氛围。正如木心先生的那首诗：从前的生活/那种天长地久的氛围/当时的人是不知觉的……如今失去了许多人/失去了许多物/失去了一个又一个氛围……

小城念想

很想去一个小城生活那么一年半载。

喜欢嘉定那样的小城，离上海不到一小时的车程，却有一个“小”字和“旧”字。适合步行，新城区老城区护城河，种种恰到好处。也许因某种缘分，这个小城我去过两次，两次都印象深刻。第一次，去了当地的紫藤公园，日式园林，亦静亦动，有雅致的氛围。记得公园边的小小餐厅，四壁环绕绿色；第二次去，住了一晚，住友人家一楼的房间，带小院，下细雨。院子里种着黄瓜，花叶带水。一早去老街散步，不是旅游地的江浙小街，保留得原汁原味，馄饨店，油条店，包子铺，古物铺；拎鸟笼的老人，喝个早茶聊几句闲天；上学的孩子，卖菜的，剃头的……馄饨汤多葱绿，清清爽爽开启清晨的味蕾，一路吃一路晃，听几耳朵闲话。然后沿着护城河慢慢往回走，小城的模样，人不多，住得亦宽敞，小区有模有样，大片的绿化，拱桥，拂柳，微微雨，手上的小吃晃晃悠悠。午后可以再泡杯茶，搬张躺椅，坐在靠院落的落地门边，听雨，小睡，闲读，耳边放一段昆曲《游园惊梦》，想想真是一等一的小城享受。

看过一个小片断，两个大病一场的男人，其中一位是妻弟，两个人分别过了一趟鬼门关，想通很多事，回到台湾小城，小街转角处找到一座老松木房子，开了一家面馆，就地取新鲜食材制面。面馆一周只开两天半，其他的时间回高雄各自的医院回诊。生意却好得出乎意料，完全是无心之作，只是为了换个心情养养病，没想到歪打正着。小小面馆，落地玻璃，一室阳光，几张老旧木桌。小城稻米清香，小菜亦是清绿，提篮小卖，小农经济……两个阅尽人世、淡泊安然的老板，那种稳妥和心安，令吃一碗小面的人也唏嘘不已。

若是我在小城居住，会这样安排时间，半天读书写字，半天闲晃小城，深入到当地生活中，简单小菜，炖一锅小米山药粥，养心养胃，晚上聊聊天，坐在廊前发发呆，早睡，早起，步行去想去的任何地方……董桥提到当年旅居越南小城的读书经历，“越南天热，睡了午觉洗了澡坐在院子里芒果树下读到天黑最舒服。晚饭后卧房外小露台很凉爽，夜风习习，花香幽幽，开了灯靠在藤椅上接着读到深宵也写意。”

一个女友回家乡小城去养眼疾，不看电脑也不看书，清晨起来，去小院看花，上午去镇上小诊所。诊所的医生喜欢聊天，小城的琐事，家常日子，朴素如新，再步行回家吃母亲用砂锅煮的粥，亲手腌的黄瓜。睡个漫长的午觉，听一段戏。黄昏时，陪父母一起包饺子……时光停顿下来了，从来没那么慢过，光影在厨房的灶台上晃动。家里的亲戚来来回回地聊聊天，送点吃的来。月亮升起来了。躺在床上可以看月亮，看月光洒满一室……

看过这样一段描述过去苏州城的文字：“住在山塘街上，经过一座石板桥，桥下，是一片水稻田，安静里有种不安；院子里一架葡萄一架扁豆一架丝瓜……”心里动了一动。

我羡慕那些老家是座漂亮小城的人们，比如凤凰，比如泉州，比如黄山，比如景德镇，比如绍兴……记得上初中时，表姐要去同学家玩，同学住黄山山间小城，当时就羡慕得不行，那次还因为表姐不肯带我同行而遗憾了好久。我的某些情结大概是早就有的。

晴耕雨读——书店里的影像诗

天气突然凉爽下来，刮着风，惬意的周六下午，看这部台湾纪录片《书店里的影像诗》。40 家独立小书店，每家店 3 分钟，是台湾文化部参与的一部片，政府机构参与做这样小众的事，让人侧目和感动。

对书店一直有浓烈的兴趣，虽然书店的生存已是举步维艰，也很难看到真正符合自己品位的小书店，而且对于我这种阅读向度比较清晰的读者来说，网上买书更便捷，但我还是喜欢书店带来的氛围和暖意，喜欢看到开书店的那些内心有微光和坚持的人。那是荒芜世界里的一抹亮光，街角处仅存的诗情画意。

影片里有一家书店叫“晴耕雨读”，是一家开在稻田中央的书店，真有意境。这是我理想中的书店模样。女主人曾是白领，因为工作让她感到倦怠，她先生说，那就开一家书店吧。寻到了稻田边上的一处木头房子，开起了书店。女主人说，我这里的书都是自己喜欢的，也不想像传统书店分类那么严肃，我按自己的想法轻松分类，书下面的小木头牌子分别写着：看了想煮菜的书；可能会改变你的生活方式的书；还有一类手工书底下的小牌子写着：我家先生爱木工……

难怪，她家书店书柜的木头看上去那么舒服，有人抚摸的气息。女主人在木屋边、稻田边，边浇花边说："我待在这里很舒服，很多人活得很有包袱，不敢放下，我曾经也一样，其实放下以后，会发现更多的空间。""晴耕雨读"，真是一家好的书店名，跟这家书店的意境合二为一。想想，如果我坐在这家书店里，细雨飘着，窗外秧苗绿意葱茏，烟雾迷蒙，手捧一杯热咖啡，一本好书，木头房子里温暖的灯光，木头香书香，该是多么美意无限。

有一家"阿维书店"，老板特有意思。这家店开了十九年，马上进入第二十个年头。老板说，我就像苏武牧羊，还唱起了苏武牧羊的调调。我知道，二十年，做一家并不能赚什么钱的书店意味着什么。老板睡在店里，开场的镜头就是清晨，他从塌塌米上起床叠被，开始一天。他说："起床，喝很多水，解大号，浇花、抹地，书店开门。日复一日。"他说，我做这么多年，书店只要赚一点点钱我就觉得值了，重要的是我爱书，赚钱的过程我很开心，来看书的都是内心纯净的人，我喜欢这样的人。精神上的满足是什么也无法替代的。他说我有一个构想，二十年时，我开一个感恩演唱会，多少钱的门票，我就给你多少钱的代书券，不赚钱，只是图一个共乐。影片结尾，他居然唱起了帕瓦罗蒂的咏叹调。能活到这个境界，还真有趣。这个世上，一半人的乐趣，另一半人永远不会懂。无他，活法不同而已。

有一家书店的名字很有意思，“吃茶一二三亭”。模样很日式，这三分钟用的默片，只有光影移动，没有声音，唯一的声音是店里老挂钟的声音。洁白的日式风帘，老旧的书柜，阳光穿过窗外的芭蕉叶，光影在书柜上慢慢移动，老挂钟的钟摆永不停歇，时间永远在流逝。每个人对于时间的理解不相同，但时间对每个人是公平的，我相信经历时间沉淀下来的人和物。如这家小书店，店里的主人也是店员，有一个镜头是他穿着白 T 恤在炒一盘蔬菜。镜头再转，书店空间，书，光影，窗外的芭蕉慢慢晃动，他坐在桌前的背影，明暗之间，时钟指到正午十二点，正敲打报时……开书店的人注定是安静的，耐得住更多的寂寞，这是一个不需要言语的空间。它只是一种生活方式。

印象很深的还有一家叫“一小间书菜”的书店，很有意思的店名。这是一家开在台湾乡村小镇的并不像书店的书店，原地址是个辗木场，场地很大，店主把这当成了当地人聚集歇息的地方。书店隔成三间，一小间是推广自己的无公害绿色蔬菜，一小间给当地人种田时歇息，一小间是书店，可以以书换蔬菜。我看到镜头里她家的菜，很有模有样，她边递出去边说：“这种菜没有任何添加，所以尽快吃掉，不要搁太长时间。”店主还说：“物欲最小量化时，心理空间才会最大量化。”

当然，还有那家开在火车站的站台，名曰“等火车”的书店，店主是个年轻的小伙子，店里非常温馨。人生如同一个站台，一站一站地走，一站一站地停，客人等火车时会进店看看坐坐，喝杯咖啡，寄张手绘明信片，那个“小草”系列的台湾怀旧明信片。

他说，有一天，下了很大的雨，一位客人在明信片上这样写：“外面很大的雨，书店里很安静。”在大雨滂沱的夜晚等火车，他写给远方的谁？我看到了画面中，书店温暖的灯光，店主的朋友轻弹着吉他练习曲，成为了书店风景。这个位置选得真好，我在大陆从未看到火车站有这样的书店，大多数只有叫卖快餐书的地方，没有氛围，没有性情，没有情怀，同其他任何一个卖旅游商品的店没有任何区别。这个地方真好。我记住了站台上温柔的灯光，火车缓缓驶进站台……

在你夜归的时候，突然发现街道拐角处一家小书店的灯光，店里晃动的人影，咖啡氤氲的雾气，推拉木格门三两进出的人，手上捧着书，脸上带着平静和愉悦，那该是多么悦人的场景。记得白岩松曾说，我喜欢看到无论多少年过去，一扭头，开在街角那家小理发店还在，木门吱吱呀呀的，真好。

绅士渐行渐远

《查令十字街 84 号》，被称作爱书人的圣经，是有关英国老绅士的传奇。查令十字街 84 号是伦敦一家专门收集古旧书籍的书店，精致，怀旧，幽暗。古旧书店的经理弗兰克，沉默温厚，热爱旧书。

美国贫困女作家海莲因为忍受不了美国昂贵庸俗的书籍，无意中在报纸上看到英国伦敦这家书店的旧书信息，很对她的胃口，就按地址给书店写了一封信，求购一些绝版书。这一天是 1949 年 10 月 5 日。很快，就收到了回信和她想要的书籍，米黄色厚实内页的书让海莲欣喜若狂。她是个对数字不敏感的女人，根本算不清美元和英镑的换算，于是书店的经理弗兰克又多了一项任务，把每本书的价格换算成美元，再把英镑和美元账单及找零寄回给海莲，就这样，这些温暖的琐事连起了远隔重洋的海莲和弗兰克。

日子一天天地过去，海莲得到了许多自己想要的书籍，比如初版的《大学论》，伊丽莎白一世时期的情诗集、沃尔顿的《五人传》，几乎每本都是孤本。每每收到书籍，她都像收到了一份隆重的礼物，内心愉悦，这样的欣喜和欢悦对于爱书的人是共通的。海莲从开始的客气变得熟悉，再发展到后来的随意，还有女人的任性，她会在收不到好书时写信给弗兰克："你究竟在那儿干什么呢？我的利亨特在哪里？我的《牛津诗集》在哪里？春天到来之际，我想要一本情诗集，可以放入裤兜中带到中央公园……"或者，海莲对收到的一本拉丁文版的《圣经》极其不满，就在给弗兰克的信中大肆批评这样的翻译简直是想毁掉这本世界上最美的散文。而弗兰克则像犯了错误一样地道歉，保证一定给她找到一本上好、绝版的译本。

同样，海莲在收到那本绝版、无比精美而且价钱只要 6 美元的《大学论》时，抱着书一页页地抚摸，抚摸书上那种上百年却依然如新的气息，她兴奋地在给弗兰克的信中说："我占有它有一种罪恶感，那么漂亮的封面和烫金，多好的书啊，你是怎么寻来的？它理应属于某幢英国乡间的木造宅邸才对。"在赞美和任性的"批评"之间，弗兰克又开始忙活了，在英国各地奔波，搜罗来的好书第一时间通知海莲，这位正统的英国绅士偶尔搜罗来一本海莲想要已久的好书时，故意在信中写："最近收回纽曼的书，有兴趣买初版吗？"

他们之间的书信持续了二十多年，这个绅士慢慢老去了，海莲因为种种原因在二十年间未曾到过英国，他们也从未有机会见面。直到有一天，海莲意外地收到了一封来自英国的信，很奇怪不是弗兰克的笔迹，那是书店的一位员工在查看寻购档案时发现了海莲的最后一封信，告诉她弗兰克已于上周去世，问她那本书还要不要？这一天是1969年1月8日。

再过了好几年，海莲的《查令十字街84号》受人瞩目，她终于成就了英国之行，站在这间曾经幽暗精致的老书店里，对着空气中的灰尘，她在心里呼喊着：弗兰克，我来了，我终于来了。

这世间，很多东西与爱无关，与钱无关，它只是一种存在，让人看到微光和希望。

读书

一个人的开始

不只是旧事——林海音的《城南旧事》

我承认我有《城南旧事》情结，这本书我有三个版本，读过数遍，电影也看过数遍。可以说，电影基本还原了书，很得其精髓。

最近一遍看《城南旧事》，是 2013 年冬天的某个周日午后，刚买回来读库版大开本，暖气管里的热水咕咕地响，冬日暖阳透过窗棂缓缓铺在书页上。英子说：要学骆驼，沉得住气的动物，慢慢吃，慢慢嚼，总会吃饱的，总会走到的……骆驼鼻子里的热气，驼铃声叮叮当当一路传来。那个午后，因为《城南旧事》，我有某种静悄悄的幸福感。纸张、插画、语言、天气，温暖而宁静的意境，这次阅读读库版的《城南旧事》，体验更是有些不一样。纸是有温度的。

城南旧事流淌着某种忧伤，只可意会。小小的英子穿着棉布袍，站在胡同转角，静静地看着老胡同里发生的一切……

林海音的文字非常干净，不拖泥带水，有一种难得的真。前不久，看到两个字，说得很好，“活气”，她的文字就有这种活气，汩汩流淌出来。胡同里斜阳脉脉，老北平的氛围描述得特别好。那个沉静古典简洁的年代，原汁原味地渗透到了英子的童年，也影响了她的成年。

“疯子”秀英，她觉得很好看，可以给她梳小辫儿，在小天井里晒旧箱子，给她细数各种宝贝。这样的场景勾起了我很多的回忆，关于晒箱子的场景，我在奶奶的老家也看到过，至今记得：那时，年过九十的老太奶在酷热的七月天，喜欢叫人把她那口沉重的老木箱搬出来晒，不过是一些旧衣，带着陈旧樟脑隔年的气息，当然还有一些小杂碎。每每我要翻看时，总被她制止：小孩子家家，不要乱动，等你长大了，再给你。后来，我还真从老太那里得到了一块老玉，写着“吉祥如意”四个字，也不值什么钱，只是一个念想。

每每出远门时，我总带在身边，好像一个护身符，能保平安。那样悠长的夏日午后，老太就是这样守着箱子坐在阴凉的门槛处打盹，日薄西山时，再把杂物什一一收进箱子里……她活了101岁，高龄而去。这样宏大的晒事日后便永远存在了我记忆的深处。昔我去时，杨柳依依，今我来时，雨雪霏霏。日光之下，并无新事。

北京的老胡同，存在于岁月深处，胡同里应该是英子住的四合院，种满了花儿，搬把椅子，就可以在院子里的四角天空下晒太阳。葡萄藤上挂一串风铃，空空的回音。关上门，岁月就掩去，天地静寂；一开门，满城京味京腔，驴打滚儿小面人儿担水车吱扭声，扑面而来……十几年前，第一次去北京出差，我住东四的一个老四合院里，房门对着院落，四角的天空，院中的风铃，门口的藤椅，阳光下拉长的人影。很巧的是，那一次，我在北京见的一些人，日后都对我帮助和影响很大，连我自己都没想到。北京人有一种难得的大气，与南方人很不相同。

与燕喃第一次见面也是在这个四合院，我去北京组稿。她因为马上要出差，拖着行李箱子来见我。她请我吃饭，热情地跟我聊选题，我回到武汉，稿子已躺在我的邮箱里……从那时起，我们的友谊持续了十来年，无比的美好。后来，她长期在国外旅居，偶尔回国，我们见面的次数加起来不超过三次。但是她总是在鼓励我，看到我的第一本书比我还高兴，打电话过来跟我聊了很久，她的鼓励是到细节……她是比我高过许多的人，但那么谦虚，那么宽容和懂得欣赏……记得我第二次见她时，北京的盛夏，我穿吊带长裙，脖子上戴了一条手工串的珠子，暗褐色。她夸好看，我就顺手摘下送给了她，小东西，不值钱，但是有喜悦。某次，我电邮问了一件事，想不到她马上给我推荐了两种方式，并且联系好了再回复我，细节非常到位，超出你所需的两三步之外……这些细节，我一直记着。在能顺手帮到别人时，也注意这些小小的令人舒服的细节。我们偶尔写邮件，互问一声好而已，真的是淡如水。

也是这间四合院，很多年后听别人提起过一个人，我愣了一下神，那一年，因为朋友推荐，他来四合院找我，我们就坐在藤树下聊文章，足足两个小时。而多年后，他已因病故去。听说去世前隐居家乡小镇，谁都闭门不见，消逝风中。生命如此脆弱，不堪一击。我和他并不熟，只是因为文字有过短暂交集，一面之交而已。我记住的只是一个关于他的画面，那个藤树下的四合院时光。生命无常。

有一年深秋，我去北京，住长安街东交民巷附近，一条纯正的北京老胡同。清晨，初秋的阳光，窄街道，老房子，很少的人，刮风天，飘飘扬扬的银杏叶，如怀旧电影画面。我穿着灰色麻布风衣，走在风里，来来回回穿梭三四趟。这是英子的北京。它早已变了模样。

《城南旧事》里唱道："长亭外，古道边，芳草碧连天。晚风拂柳笛声残，夕阳山外山。"这首词是李叔同写的，配在《城南旧事》里，特别契合。这个世上，总是有某种契合存在。李叔同圆寂前还有一首诗："君子之交，其淡如水，执象而求，咫尺千里。问余何适，廓尔忘言，华枝春满，天心月圆。"人世的沧海桑田全部在这首诗里了。这首诗我无端地喜欢，引用了很多次。

长亭外适合童音合唱，有分别的忧伤。如果一个孩子，能从小生活在审美的世界里，该是一件多么好的事，比沉浸在电声光影里，想象空间游刃有余得多。直到现在，人到中年，每每听到这样的歌，我的脑海里马上浮现出各种美好的画面，人世的沧桑扑面而来。

每每看到《城南旧事》最后一部分“爸爸的花儿落了”，总有一种不忍，这是一个孩子第一次面临生死。我记得一位朋友在家人突然离世后，无限感伤，给我的邮件中这样写道：“人生不过是竹篮打水一场空。好没意思。”英子的父亲去世了，宋妈也走了，家也要搬了，跟着妈妈弟弟坐着黄包车离去，她扭头趴在车上，看着渐行渐远的熟悉之地，“爸爸的花儿落了，我的童年也结束了”。

情怀和怀恋，只有在我们自己的国文里才找得到。一部《城南旧事》，基本就是一个里程碑，无法超越。而一个作家，有一部作品其实就够了。一本书一辈子，在这个图书泛滥的年代，这样的存在宛如清风徐来，冷香弥漫。

闻鸡起舞——胡兰成的《今生今世》

《今生今世》是一本很有争议的书，但是文字之美，无法否定。这本书里中国的传统、古典美感、字里行间传达的那种民间的活泼气息，让我觉得好的文字是有韵律感的。这是我读这本书最直接的感受。

《今生今世》我读了不下五次，每次旅行都带在身边。我拥有的版本就有三个。很多人对胡兰成有非议，但我的想法是，他的文字真的不能否定。一些民间的清欢和初心，在这本书中体现得淋漓尽致，中国传统的大美一一呈现。胡兰成说张爱玲是中华民国的临水照花人，他也算得上是中国民间文化的临水照花人。

暂且不论胡兰成的感情是非，跳出来看这本书，看一些很纯粹的东西，而不探究过多的复杂。我相信直觉，好就是好。

我喜欢胡兰成的文字。我常常被这样的句子打动：大路上及人家门庭都静静的，灶头间被窗外的桑树所辉映，漏进来细碎的阳光，镬灶砧板碗橱饭后都洗过收整好了在那里，板桌有小孩养在面盆里的田螺/寻常岁月里亦有梅花的消息，寻常人家屋檐上亦有喜鹊叫/唯简可以使繁，唯静可以用动，现代社会忙得不堪，即因不能简静，聪明智能要含蓄如花朵的盈盈，知识与技术才可以是它生出来的仪态万方/一片成熟的金黄色，与村落路亭，远山远水，皆在斜阳蝉声里，如我此生的无穷尽/我只觉今天正是好日子，杭州城里艳阳天气，六街如画，吴山上有蜂喧蝶飞/春阳潋滟得像有声音，繁忙可以亦即是闲静/我只觉她的人亦像这衣箱里的华丽深藏……

我喜欢文字里的这种氛围，它很容易让我的脑海里有某种联想和情绪的流淌，产生一种阅读的愉悦感。纯文字的愉悦感，只有中国的文字才能如此有深意。一直以来，我都不太喜欢看翻译的小说，除了与中国文化相近的日本书，有些书知道是好，是有意义，但翻译的晦涩常常让我读不下去。语言有隔，如隔靴搔痒，不服贴。

说句题外话，翻译是个多么重要的工作，它不是机械的翻句子，而是要融入一种氛围，译者本人的文字还要有美感，相当于重写一遍作者的作品，这个功力要比自己写一部作品高得多，可以说，这样的翻译人才寥寥无几。我是有文字洁癖的人，我也承认我的局限。生在中国的土壤里，可能更需要一种文化根基的感同身受，能让我产生更深阅读感受的可能还是一些本土的东西。

胡兰成对女人的态度引起过很多人的非议，但他无疑是最懂女人的男人，最懂得欣赏女人的美。他这样写张爱玲：“我与他们一样面对着人世的美好，可是只有我惊动，要闻鸡起舞。”一句话就够了。这种感觉别人能感同身受。他是能为喜欢的女人闻鸡起舞的人，这种知己很难得。与其说是爱，不如说是知。这个知很重要。

有一本台湾作家萧丽红写的《千江有水千江月》，也是我喜欢的一本书，很干净的台湾风情画卷，极清淡的爱情生活场景，文字感觉让我感到了某种熟悉。很长时间后，我才知道萧原来是胡兰成的学生，受老师的影响很深。那时的爱情不像现在这么急吼吼，这么喧嚣狂乱。“三月桃花李花都开过了，我们是像初夏的荷花”，希望这样中国式的爱情被更多人读到。

用胡兰成书里的一段来结束吧：“七月七日，月亮出得早，在校门口梧桐树下摆起桌椅，供了一碟黄金瓜，两盏清水，里边又摆一杯鲜茶，看牛郎织女渡河，校门口临大路边，隔一条溪水即是山，在月亮与星光下白花花。”

今年，一位朋友从香港给我背回了港版的《今生今世》，竖排字，疏朗有致，清雅洁净，带到去北京的高铁上看，这是我拥有的第三个版本的《今生今世》，秋日暖阳，“板桌条椅都在茶烟日色里”。

良辰美景耐何天——汤显祖的《牡丹亭》

熟悉我的人都知道我极喜欢《牡丹亭》，《牡丹亭》的昆曲版看过不下四个版本。园林版、青春版、民间版、纽约戏台版，各有千秋，乐此不疲。

而四个版本的牡丹亭，在四个地方。园林版《牡丹亭》是专程在一个周末直奔上海朱家角课植园而去。此版以场景感觉取胜，江南园林，暮色四合，微风拂柳，小桥流水，梅边吹笛，杜丽娘从小路深处款款出场；白先勇青春版《牡丹亭》是在武汉剧院，以演员的亮丽扮相和唱腔取胜；民间版的《牡丹亭》是在苏州平江路的一个茶舍，一人戏，手到眼到心到，信手拈来，灵动民间，几乎是零距离观看，胜在邻家小妹、小家碧玉的家常感觉；还有陈士争版的《牡丹亭》，我买的原版碟片，背景是纽约大戏台，该版以服装和舞台感觉取胜，色彩的搭配非常有品位，情至深处，唏嘘感叹，一看再看三看仍不厌倦，是我的碟片珍藏之一。

但我喜欢《牡丹亭》，并不是从喜欢昆曲开始，最早应该始于《牡丹亭》的唱本。看汤显祖的唱本，曾看到一句话写他的霸气，当时有人说他的唱词唱起来难度大，他说“我写的唱词不妨将人的嗓子唱折”。呵，真是牛气，喜欢看到这种底气，有真东西的人才说得出这样的话。

写唱本是很见功底的，用词要传神，要有画面感，简洁利落，还要有美感，灵动感，迂回感，凡此种种，足见笔力。我第一眼看到这样的词，就移不开眼，“原来姹紫嫣红开遍，似这般都付与断井颓垣。良辰美景奈何天，赏心乐事谁家院。朝飞暮卷，云霞翠轩。雨丝风片，烟波画船。锦屏人忒看的这韶光贱。”不懂唱腔，但读的时候就有韵律感，起起伏伏，层次分明。丝丝扣扣，天气，光线，心情，画面，寥寥几词，干净利索。唱得云开日出，落霞满天，移步蹁跹。

突然有一种感觉，真正美的文字都是有韵律感，都是可以清唱出来的，无需修饰。比如胡兰成的文字，安妮宝贝的某一两部作品，读的时候都有同感。“则为你如花美眷，似水流年。是答儿闲寻遍，在幽闺自怜。”即使是艳，也艳得不俗；“逗的个日下胭脂雨上鲜”，其实描写两性的东西，古人比现代人可是出格灵动多了。但即便是这样的文字，你感觉到的是天然意象，草醉花眠，梦酣春透，而不觉俗气和肉欲。怎么说呢，一种通感吧，恰到好处就可以，过了就是艳俗了。这点分寸和美感，现在的人望尘莫及，词穷语塞。

中国语言鲜活灵动，信手拈来，自由组合，却韵味无穷。《牡丹亭》中有最深情的句子：“牡丹亭上三生路，情不知所起，一往情深。”够了。“相看俨然，早难道这好处相逢无一言”也够了。真正的好只能是无话可说，点到为止。笔墨到，眼神到，心到，悟到，情怀到。木心先生说：有人问，在“桃园三结义”中你演什么角色，他回答，我演桃花。很灵动，人间有味是清欢。这种清欢只能出自中国的土壤。文字的润泽感，清风气息，婉转入江湖的气息，脉脉流转。恰三春好处无人见。

“梦回莺转，乱煞年光遍，人立小庭深院。”中国的文字，不到园林，怎知春色如许？在苏州听完《牡丹亭》，已是夜深，慢慢踱回客舍，小桥流水静寂下来，一轮明月，满园清辉。

贫穷的高贵——《民国老课本》

我看民国老课本很偶然，先是在《读库》上看了一个小长篇，然后才细细读下来，只觉津津有味，清心润肺，用一个比喻，清泉石上流。很是奇怪，民国的小学教材，成年人读起来也能如此余香满口，不禁对那时编教材的人心怀敬意。好的东西其实是不分年龄的，它是一种大美。

《陪座》一课："座上客/远方来/父陪客/食午饭/饭后出门/与客间眺/前有青山/旁有流水。"短短几句，一碗一筷，一坐一眺之间，人情冷暖，绿水青山，亦静亦动，栩栩如生。语言简洁而有活气，婉转之间，意会无穷，真好，一如丰子恺的小画。看过一篇小文，"一站一坐一生"，一个人 62 年间每年拍一张照，举手投足之间，一生就过去了，沧海桑田，静悄悄地流过，年轮百般之味也许就是通过最简单的方式呈现出来吧。

"钮儿在家/客访其父/父适他往/儿邀客入/请客上坐/己在下

位陪之/客有问/则谨答之/客去/儿送至门外/及父归/以客所言/告之于父。"短短数句，行事做人有礼有节的道理就很简白明了了。小学二年级就开始教礼仪，小儿待人接物之间，才是家教所在。所谓礼节，不是送礼，而是说话行事的细节，这种和风细雨的教育如今是很少见了，连很多成年人都不懂了。

再看《果园》一课："吾家有园/遍种果树/培土甚勤/一年之间/先后开花/开落/结为果/累累满树/及熟/摘而食之/较买诸市中者/味尤鲜美。"配的插图是加厚白纸彩印的，过去几十年了，色彩仍然鲜明耐看，内行人说是用的天然矿物颜料，精细制版而成。教育不是硬教，而是教会一种顺应天时，四季分明。开花结果，种瓜得瓜。做足功夫，那时候花是香的，不同的香，果子是甜的，不同的甜。不时不食，人做事是用心的，无用之心，取之天然。物人之间，精气神十足。

现在的果子不甜了，书也粗糙了，看似丰富，实则苍白无力。借用《凤凰周刊》主编邓康延的一句话，民国老课本是满园的世界观。现在的教育都沉浸到电光火石高科技的世界了，一味学习西方，连基本的审美和动手能力都丢失了。中国民间的一些好东西，一些贫穷的高贵都丢失了。

再看《镇定》一文："王戎七岁/与人同观虎/虎忽大吼/观者皆惧/戎独不动。"小小人儿学会镇定自若，不露声色，真是难得。三岁看老，这也是教育的一种，不从众，不人云亦云，会分析，笼中虎，叫也不怕。这种教育让小小人儿心里有数，无需过多笔墨。

这首《郊行诗》："芳草如碧玉/野花如黄金/不用一钱买/采来衣上簪/青天净如洗/晚霞红似烘/始知天工巧/变化真无穷。"乡野的天然，原始的滋味，泥土的芳香，不花钱的快乐，开阔的世界观，朴拙的美感，种种都有了。

再读《食笋》：园中有竹/春日生笋/摘笋为羹/其味鲜美/我甚喜食之/父谓我曰/园蔬野菜/胜于鲜鱼肥肉多矣。"啧啧，父子之间的家常对话，节气，常识，饭食，价值观，童趣，一蔬一食之间，天然妙物婉转流淌，盈盈之间如雨后春笋。我也喜欢笋，喜欢那股子清新泥土清洁气，每每用青红朝天椒清炒，装一小碟做下饭菜，胃口大开。

真喜欢这种民间的种种曼妙清简。

《牧童》一课："放学归来/在途中/遇一牧童/骑牛背/吹短笛/唱山歌/状甚快乐。"在交响乐泛滥时，倒更愿意听一支牧童短笛，有如天籁。什么事都不需用力过猛，清新自然，山水皆能入画来。黄昏暮色，四季分明，静悄悄地来，静悄悄地相遇，一曲民谣，就是审美。多希望孩子们受到这种早期教育，把一生的审美都浸润在自然四季中，而不是认几个字，读几篇文。那时候，连放牛娃也是懂音乐的，现如今，音乐变成了钢琴考级，变成了技巧，独独失去了天然韵律，和一山一水间的信手拈来。演奏音乐的人早没了音乐的情境和心境，没有内心流淌的诗意，音乐早就不是音乐了。

还有这样有趣的一课《蝴蝶与花》："百花开/蝴蝶来/百花香/蝴蝶忙/百花零落/蝴蝶寂寞/蝴蝶无事做/终日恋花朵/一旦春去花落尽/寂寞光阴如何过。"这种烂漫的篇章只能出现在民国的课本里，因为那时候的审美观，现代人是不能理解的。大好春光，蜂飞蝶舞，各司其职。简单、形象，季节更替，寂寥感，代谢感，轮回感，花开一季，草木一秋，留出了足够的想象空间，小孩子暂时理解有限，但审美想像力留在那里了，谁说不是福泽？

民国老课本，我爱读的篇章太多了，好的东西往往最朴实简单，也肯定是美的。你再深刻，又有什么用？

又如这篇《老梅树》："小窗外/有梅树/方开花/我欲折之/干大枝高/手攀不及/母谓我曰：此树乃汝父所种/比汝大数岁/故甚高也。"一幅窗前的树荫图，小儿和母亲，关于种树和做人，道理都有了。那时候，树是人亲手种的，东西都是有年头的，有旧物的光泽和亲切。亲人之间的交流不是随意花钱买个什么贵重之物，手作之间，自然万物融合一体，种树育人、敬畏之心都有了。那时候的亲情，也是如此简洁丰富，教育也是诗情画意，在梅影纱窗，轻言细语中一一传达，有爱极了。

还有这篇《天然之美》："邓氏姐妹性情不同/姐喜清洁谓清洁为美/妹喜妆饰谓妆饰为美/二人争论不决，乃问于母，母曰：清洁为天然之美，且有益于卫生/妆饰为人工之美/复近奢侈/吾以清洁为佳。"普通的家常话，没有结论，只是引导，大美是一种天然，审美观的引导是多么重要。人到中年，感觉清洁干净才是大美。

教育真的是点点滴滴，审美是儿时慢慢堆积的，很多成年人无审美力，也直接影响了下一代。

贰

黑白记忆

黑白记忆

我隔几年就会把《罗马假日》拿出来重看一遍。它让我的世界瞬间纯净。奥黛丽·赫本真的像公主，由内而外的公主，她有某种天生的高贵。

黑白片的年代，她的衣服一点都没有过时，真是一件很奇怪的事。所以，真应了那句话，时尚是一种简约和回归。安公主的白衬衣，真的好看。一件白衬衣在她身上千变万化，扣好领口打领结，很淑女；敞开挽起袖子，很轻俏；或是敞开再系一条小丝巾，又有了一种别致的女人味儿，颈上一抹流动的云……一件白衬衣，就打败了所有的款式。

关于服装，我其实非常不在意款式，款式不过是时尚推陈出新的一种借口而已，真正的经典一定是没有款式的，它是最简约的，只是一件好品质的白衬衣。安公主穿着白衬衣、长裙，吃冰淇淋，大笑，看街头杂耍，喝香槟，神情那么天真孩子气，内心有白衬衣气质的人才穿得出白衬衣，真的是这样。我记得住把白衬衣穿得很好看的女人，因为它需要内心有某种密码。

赫本真的很美。关于赫本，我最喜欢的细节有几个。

一个是关于她和纪梵希，看过一张她老年与纪梵希在塞纳河边漫步的照片，她穿着一件得体的风衣，头发盘起，清瘦身材，这个男人是她一生的形象设计师，他们是一生的知己。40 年的友谊比她的婚姻持久得多。赫本病危，是他用私人飞机把她从美国医院送回了瑞士家中。

还有一个是关于她晚年隐居在瑞士一个小村落，她说："有些人来这个世界是为了获得更多的利益，而我只想多看看树。"她从不戴手表，她说："我不想让自己变得匆忙和着急。"她一生都是从容的女子，真的像公主，植物般的生存。没有被世俗的生活毁掉。直到晚年，她的眼睛依然明亮，她没有一张被尘世弄得扭曲的脸。她是一棵美丽的树。

最后一个细节是关于她和格列高利·派克。她去世以后，遗物拍卖，派克悄悄低调前来，买走了那枚蝴蝶胸针，因为这是他送给她的礼物，这个同样高贵的男人，珍视尊重与赫本相关的一切，因为她是女神。另一方面，他珍视婚姻，忠诚、善待自己的妻，从一而终，是一个真正的绅士。

《罗马假日》里，我还想提到赫本的睡衣。因为也是像白衬衣一样，给我留下了印象。她借宿时穿的男式两件式睡衣，显得那么洒脱，被深深包裹和爱怜；穿的另一件男式睡袍，因为过于宽大反而显得性感妩媚；还有她回宫廷卧室后，换回公主的华丽睡袍，黑色坠地系腰带的款式，显得修长风情，简洁得留白，风情万种……还是那句话，所谓时尚真的是一种喧哗，好的东西一定是寂静无声，最简约的，它让女人更女人。

想起“例外”的服装设计师马可曾说过一段话，她说：“我的剪裁比例，是按照唯美的视觉效果设计的。你可能觉得几片布以超出常理的方式拼接在一起，挂在那儿像一件未曾完成的版，其实它那未完成的另一半是要穿衣服的人去完成的。”因此穿“例外”需要一种特殊的气质，是内心的自由，是骨子里的一点离经叛道。富家女未必穿得了，那会泄露她的无趣；乖乖女穿不了，那只会反衬出她的苍白；不学无术的女人也不能穿，那只会带给她羞辱。例外只属于那些自信的、内心自由的聪明女人。

一部黑白片，拍于几十年前，却依然让人记住里面的服装，说到底，还是人。

美是不讨好

毫不费劲的美看上去舒适，没有挣扎。即使一脸淡薄样儿，没关系，也许别人欣赏的就是这种淡薄样了，你就是风格。不迎合，不从众，不大牌。

有一位友人，很喜欢看国际电影节的名星着装，评价很中肯。她说到，有一位长得非常古典的中国女演员，本来东方美就是她的特色，如果往古典简约上着装，会得体得多，可是她偏偏迎合那种国际潮流，深 V、大牌、性感晚装，配古典东方脸东方身材，显得不伦不类，很挣扎，太想一鸣惊人，反而南辕北辙，令人可惜。清纯的着装她穿上会毫不费劲，好看从容得多。人，一从容，就有空间，就好看。这是简单的道理啊。

人，要守住自己是一件多难的事啊。这是个容易眼花缭乱的世界，信息太多，榜样太多，参照物太多，一不小心就觉得所有的人都比你好，所有的事都有标准，大牌、名品、珠宝，缺一不可，可是你独独忘了自己的气质和长处，适合什么。

曾看过科波拉导演的一部影片，音乐、画面难得的好。看过她几幅照片，不苟言笑，穿衣非常简约，通常就是白 T 黑裤，淡淡的眼神，长得也并不惊艳，可就是让人难忘。男式衬衣在她身上一穿，仙气十足，冷艳妩媚，仿佛她穿什么都可以引导潮流，不迎合，不陈规，不艳俗，她活成了标准。被别人评说连黑眼圈、小细纹都那么有特点。人到中年，还有一种少女的清醇，实在难得。

听人提起过这么一个小片断。英国人有强烈的品牌意识，这个品牌意识跟大多数人不同。很多人的大牌只有一个标准，就是国际公认。而他们的大牌是自己适合的。比如 BURBERRY 风衣，在他们的概念里就是为成功人士准备的，若是他们觉得自己不属于那个阶层，或是身上偏书卷气，那么，他们绝不会越位选 BURBERRY。只会选择属于自己的独立设计师品牌，那是他们的个人大牌，与其他人无关。低调贵气适合自己才是他们自己的标准。

不迎合，有多难啊。人要有底气，也是多难啊。在这个看似丰富的世界里，我们如此贫乏地接受了“丰富”。活成了别人的标准。

有一天，看到一位中年女人，穿着黑色半高领针织长裙，很合身，衣服两侧双开叉，及脚踝，款式简洁古雅，配上草编小帽，非常简约好看。后来，碰巧有机会说话，她告诉我，这条裙是某品牌的去年款。我知道这个品牌价位非常亲民。她的气质最好地诠释了衣物，毫不费劲，没有多余的美，在人群中很快脱颖而出。

陈丹青谈过时尚的问题，我觉得很对：现在的时尚，没讲究，不懂讲究。在国外，多的是四十岁五十岁后依然楚楚动人的女性。不是我们长得不如人，东方人好看，没问题，但是教养失去了，阶层失去了，家族失去了……的确，每个阶层有每个阶层的气质和打扮，各有各的好看，各有各的楚楚动人，可是，当价值标准混乱或者说统一以后，大家往一个目标上使劲打扮，穿衣选择气质不符，底气不足，于是就有挣扎，就有费劲，当然不好看。

胡兰成谈起乡下的女人，她们脸色红扑扑，浆洗完衣物，做好饭菜，就换件布裙，坐在门口聊天，喝一盏茶，剥个豆，没有穷酸相，没有非分之想，都好看。因为在天地间，有适宜，有敬畏，有尊卑，也受得起卑微。顺应天命，恰到好处。

使自己更鲜活、更简素，活得像自己，总是没错的。

一个人到底需要多大的空间

我大概不属于格局很大的人，对房子的面积大小比较无感，倒是喜欢小一点的空间。最喜的是不大的房子外面视野开阔。曾经参观过别人家的一栋别墅，上下三四层，厅大房大，却被围在中间，前面是房子，后面也是房子，平台上望出去，还是房子。说实话，我当时的感觉是要这么大的房子有什么用？一点都不透气，令人觉得闷。可能每个人想法不一样吧。

很喜欢看到别人六七十平米的房子，收拾得别具一格，有生活气息。低调生活，品质俱佳。曾经几个朋友聚会时去一家小茶室，位于高校校园深处，开了好几年，一楼的旧居，大概几平米的小院，三张茶台，收拾得暖意融融，很居家。我们喜欢坐的一张桌台，临小路一扇落地窗，临院子一扇落地窗。有一年下雪天，雪花片片，路灯昏黄，屋内取暖器烧得热热的，热茶，茶点，还有朋友们自带的小食分享。到了吃饭时间，女主人的母亲给我们做几碗老家口味的云南米线，那真是随意自在的聚会，氛围很好。吃什么喝什么都不重要，氛围却难得。小小的茶室，不高大上，却有适宜自在的居家氛围。

如果你跟我说，某某人去过田园生活了，我可能只是向往，却并无好奇，大概可以想象是一种什么样的生活，那是大部分都市普通人可望不可即的，因为有很多现实的问题……可是，有人跟我说，某某在这个城市里生活，还在上班，可是真会过日子啊，改天带你去看看她的家，那我是好奇心足足的，早早就盼上了。我对普通人的不一样总是有十足的好奇心。比如，我推荐好几个朋友看的一位台湾设计师兼生活家的书，20 多年了，她还是住 90 平米的旧房子，只是在前两年根据需要重新改造了房子结构，对房子的需求就是阳光、视野、自如、方便，空间无需大。她的家光影阵阵，一室汤香，被书环绕，真正是理想的房子。她其实也算是名人，见多识广，好的见多了，自己需求的不过只是 90 平米的旧居而已，方便好用，阳光满满。好奇心可以很大，拥有的空间却可以是方寸之地。有些人不停地买房子，还是没有安全感；有些人，拥有几十平却已足够，把钱花在自己喜欢的事情上。她把自己改造家的过程写了一本书，一本有诚意的书，无不诠释着自己的生活理念，却落到了实处，并不虚无。你到底需要多大的空间？在没有恰当的生活和价值观时，即使拥有一座豪华别墅，一样生活质量很糟糕。就像我一位有两个孩子的朋友，被人问到带两个孩子是否很麻烦时，她笑笑说：两个带不好时，一个一样带不好，家庭教育跟有几个孩子并无直接的关系。她是聪明的人。大概是话说到点子上了。选择的本质是你需要什么，而不是房子的大小决定你的生活质量。

多年前，我去广州出差，去一位朋友家里，她家离白云山很近，一个普通小区，80平米的顶楼房子，装修是自己设计的。我对她的家，印象太深刻了。她一进门，就指指木门方框上的一块素色瓷片说："我自己设计的，嵌上去一块小瓷片，打破沉闷，不对称美。"顶楼平台本是废弃的公用平台，被她打造成了小小的楼顶花园，是真正意义上的楼顶花园，格局小，却小而美，妥妥当当，鱼池、竹子、石子小径、遮阳伞、户外桌椅，那天，下着小雨，悠然还见白云山，雾气腾腾，我们聊着天，过去好多年了，我还清晰地记得当时的场景。这只是一个普通的小区，普通的房子，却因为主人的兰心蕙质，学会了借景和延伸，因而别具一格。

前几天，看一本有关书法的书中提到乾隆皇帝的一段资料：王羲之的《快雪时晴帖》、王殉的《伯远帖》、王献之的《中秋帖》是乾隆皇帝最珍爱的三件藏品，放在养心殿的最里间，一个叫"三希堂"的小空间。去故宫参观过三希堂的人总要大吃一惊，因为实在是一个小得不能再小的暖阁，大概是他一个人放松，冬天坐在热炕上喝茶，摊开最心爱的书法手帖，细细欣赏放松之地吧，《快雪时晴帖》28个字，《伯远帖》48个字，字不在多，空间不在大，却可以演绎无限，可以放置内心空间的地方其实只是方寸之地。想想这样的场景，是一件有意思的事。

再提到托尔斯泰的一部小说里的一段：“一位国王对需要封赏的一个人说，在日落之前，你策马能达的地方都属于你的领地。那个人狂喜不已，一路骑马狂奔而去，一刻也不舍得停，想要更多更大的领地，日落之前，终于过度疲累，倒地身亡。”故事当然是绝对了些，但其实落到生活中，也是一个影射，贪心常常是不知不觉的，很可怕。智者托尔斯泰早就聪明地问出了那一句：一个人到底需要多大的空间？

记得一位建筑师曾经说过这样的话：“要在‘微小’中进入‘伟大’，光有想法不行，修为、境界、勤恳、节制，样样都缺不了。好的建筑安静嵌入在地景上，总有那么结实的力量，绝不喧哗。让建筑不主动骚扰行人，却在细微处，比如屋檐、楼梯、窗口上，展示温柔。”细想想，这对空间的诠释，也是异曲同工吧。

且行且珍重

我的友人阿亚讲的关于家人的礼物让我特别有感慨。她现在已人到中年，每年过生日都会郑重收到父母的礼物。这个礼物都很贵重，父母平日很少给她买东西，但会为这个礼物费心好久，他们通过这个礼物向女儿传达一种品位，她收到过漂亮的项链，精致的好品味米色毛衫，手感超好的黑色大衣……从小学开始，一直至中年都是这样。阿亚对自己的每件礼物都心意郑重，都说得出故事。

有只手表是妈妈送她 18 岁那年的生日礼物，很朴素，但非常贵重，妈妈告诉她：女孩一定要懂得低调的郑重，要善待自己，不要让自己廉价，不要去买廉价粗糙的东西，没钱的时候宁可少买，花了钱的一定要留得住。当你把自己定位很低的时候，你只能越来越低，钱可以没有，但品位不能没有，这会影响你一生的生活，女人的生活跟情感都是相关联的……这只表很好搭，用了很多年。将来妈妈去了，表成了纪念物，还可以传给孩子。

妈妈送礼物给她的时候都用东西来无声地影响她。这双船型鞋也是妈妈送给她的礼物，是自己的私藏品，很多年都没过时，她现在拿出来穿仍然不过时，很低调的灰蓝色，鱼嘴。妈妈说，好东西是越用越好的，女人要让自己成为唯一，不要用满大街人都在用的东西，不要用标新立异很夸张的东西。因为，到一定年龄，好看并不是件容易的事，有钱也办不到。

一只黑色的包是母亲买给她的25岁时的生日礼物，大包，很好的手感，是某一次和母亲逛街时她心仪的款式，母亲记在心里了，默默为她买下。她的包包里总有书，小本圣经，丝袜，薄荷油，针线包，她说，母亲告诉她，要做个从容不迫的女人，要学会闲暇的时候手上有一本书，任何时候，都不要急。她在机场候机，拿出书闲看，从没见她着急抱怨；遇到朋友的丝袜破了，她很快拿出救急；倦了累了，用薄荷油，恢复体力相当有效……我喜欢看到她一切尽在掌握的样子。她说，母亲说过一句话，人可以有霉运，但不可有霉相，连自己都无法控制，还能控制谁？她心里从来都有数。

一件宽大的白衬衣也是母亲送给她的生日礼物，是一件家居服，在家里穿的。直到现在，她习惯在家里也穿得很漂亮。员工给她送资料时，她打开门，穿着漂亮的白色套头衫，搭七分弹力裤，很有活力，很清爽利索，不是一副大花大朵的中年妇人慵懒提不起精神的模样。母亲说，女人一定要美美的，不能内外两个样，那样对家里人不公平。母亲的礼物，是一种智慧，也是一种品位的传承。

几年前，她妈妈过世，那一年的生日，父亲送给她两份生日礼物，一个戒指和一本漂亮的《圣经》。他说："妈妈走了，但是爱还在。"我这位朋友，是那么懂爱而且美好的女人，她说她一直被父母善待，一个得到善待的人才会心存美好，才不会有大恶。她父母有一种观点，孩子是宠不坏的，当你发自内心去爱她们的时候，教育其实不难。

这个关于礼物的故事让我感动了好久。其实，对于家人，我们很多时候是两个字，忽略。觉得那是多此一举，很多时候，我们根本想不到，或是随随便便送礼物，没用心，家庭成员相互间都是忽略的。很多人会说爱孩子，但只知道为他们花钱，不懂郑重、花心思去送礼物，不懂得通过礼物去表达一种心意，让孩子懂得爱。

不出远门的人

很喜欢寿岳章子的京都，这个京都生京都长的女人，五十四年一直住在父母的老房子里，从小女孩长成大学教授，不离这座古城，不离家，永远只书写这个小天地的风土人情。深深的热爱，饱满的情绪。写日本职人或风俗的书近年来很多，我却独独喜欢她写的，因为她置身其中，实实在在是在生活，不是浮光掠影。外面的世界很大，但属于个人的空间其实很有限，有些人漂泊一生，都感觉无着无落，内心虚空，没有一个承载物。她写到一些关于他们家两代人与一些百年老店的交往，特别有意思："父亲和母亲从上一代老板还很年轻时就开始光顾一家料理店'松旨'，老板看着我长大，无论点什么，他一律沉静地将料理端到我面前：来了，这是小小姐的，而且分量比父母亲的还要多。那位老板已不在了。这家店传到第二代，我仍常常光顾。"她家的附近就有好多这样的店，适合独自用餐。伫立在街头一角，乌冬面店，木叶盖饭，青鱼荞麦面，配合季节，轻掀门帘进去，听得见季节在小空间里流转的声音。长久生活在这样的氛围中，家族与家族间保持着特殊的情谊；每到冬天，她就会去一家叫“近清”的酱菜店，“掀开运送千层腌菜的桶盖，视觉震撼，就像绽放的花儿一般……”每每去时，老板就会热情招呼：“来买东西啊，千层腌菜的季节又到了，时间过得真快啊。一年又过去了，你父亲身体好吗？”这样的画面真有温度，隔着纸感受得到情怀流淌。

那个有名的波特小姐，知道她，不是因为她的画儿，只是因为电影《波特小姐》，英国湖区的村落，她生于兹长于兹，在美丽的乡野中，尽情做着她的彼得兔的梦，直到老去，画里还有难得一见的灵动和童趣，兔子是她画里永远的主人公，那是没被污染的内心世界，她终身未嫁，终身未离开湖区。

有时，我是对泛泛地看世界持怀疑态度的，世界当然是可以看，但是你带着哪种眼光去看，削弱地域性是不对的，人和物都是因特色而生，而不是千人一面。人更应该发现自己的好。

那个以《傲慢与偏见》、《理智与情感》成名的奥斯丁，终身未离开她的小镇，有限的世界，方寸之地，却广阔无垠，她的思想没有受到任何禁锢，跟她去哪里没有任何关系，她只书写自己熟悉的世界，一个女人有限的世界，头顶上一片天空，她是最会写家常的人。她的人生别人不可能复制，她是唯一。

可见一个人的格局跟她去到哪里没有直接的关系。

《晴日木屐》的作者永井荷风，中年以后隐居东京，他说：松树的暗绿，晚霞的浓紫和天上夕阳的红艳，是东京特有的色彩，“哪儿都不想去”。《晴日木屐》就是一本晃东京街道的有意思的书，晴天穿一只木屐，晃晃悠悠，穿街走巷，灵感倍现，清新如昨。

看人提起过一位美国密西西比州某小镇的女作家，一辈子都生活在小城，她这样描述：“狭窄固定的生活环境也在一定程度上护佑了她，除了早年外出求学和短暂外出工作，她一直生活在小城里，平静安逸里滋养出来的。”她评价这是个活得平顺的女人。无论在哪一种环境，相宜相适就好，不拧巴就好，因人而异，无需随大流。

那一次，在去苏州的火车上，邻座的一位大姐是宜兴人，谈起自己只爱宜兴：我真的哪儿都不喜欢，就喜欢呆在宜兴，小城，青山绿水，经济富足，城市不大，舒服，一到其他地方我就头晕……令我这个旁人也非常羡慕她的小城。

我尊重那些在自己城市隐居的人们，有很多自己的私房路线。这几年，我其实也很少出远门，在这个城市有很多自己的私密地图，可以到处走走看看，比起行万里路，对我这样偏于安静不太喜欢折腾的人，偶尔出门走走就够了，更爱退而求其次，读万卷书便好。

莫名地想起一件事，很久以前，一位朋友曾跟我提起她的婆婆，远在他乡，不愿到大都市来，她热爱自己的家，自己的厨房，连房间的窗都装着漂亮的白色纱帘，微风吹过，阳光透进来，曼妙极了……这句话我一直记得。这个热爱厨房的女人，把自己的小空间弄得舒舒服服，连厨房也是要起舞的。

大雪纷飞，冬日小札

冬天的徽州小村，看不到什么人。大雾过后，天气晴朗，温度却极低，干冷，风大。出行不喜欢穿很多衣服，冻得手脚冰凉。大片的稻田，一条河从村头流到村尾，环村而过，像极了《母亲河》的画面，可以想像春天这里有多美。河边有个木屋小吧，村里唯一的酒吧。未经开发的村落，原始的模样，远离着商业化。村里的人朴素自在，端碗饭在门口晒太阳、吃饭，门口挂几串腊肉。一家书店，一家民宿，一家河边小吧，清冷，有余地，好像已经足够。已近两点，门还未开，冬天淡季，主人像候鸟一样飞回了城市，门交给邻屋的老太太管理。还没吃饭，问什么时候开门，老太太说，现在就可以，忙回家取钥匙，开门，阳光暖融融地透过落地玻璃照进来，取暖炉打开，一杯热水喝下去，身体暖和起来了。问有无东西吃，老太太说，我会做意大利面，我笑，那好吧。那天正好过生日，吃面也是很应景的事，临窗而座，眼前是一幅动态的画儿，冬天的枯枝，凛冽的河流，对岸的山谷，河边的桌椅，流水声，寂静的村落，午间时光，一碗乡村老太太做的意大利面，这种混搭，顿时让人忘却了时间。

《日瓦戈医生》，非常喜欢的影片，重看过两遍。一部属于冬天的电影。记得的是漫天的雪，扑天盖地的雪，烛光下，深邃目光的对视，小屋暖融融的，哪怕时光短暂，哪怕转身天涯……雪覆盖了所有的悲欢离合，仿佛一切都未曾发生过。大时代背景下，动人的还是小人物的命运和爱，有什么抵得过灵魂深处的交汇？毕竟，一切都是存在的。

这个雪天，与一友人聊天，她送我一本书，已不再版的。一位医生画在处方签背后的画儿，处方签很薄，钢笔画儿略略沁透。配一些短文，画非常有灵气，他笔下的人物看上去真是寂寞啊，是内心深处的寂寞。一个人，得内心多安静，才画得出来这样的画儿。人物都没有表情，素素几笔，真真切切的忧伤。灵气大概都是产生于无目的之中吧，那是流淌在心底的画儿。可能是他工作无聊之际随手画下，他也是寂寞的人吧，那是无法与人分享的角落，是现实世界的另一个并行空间。可惜他因病英年早逝，友人说，大慨上天收他去画画了。这是冬天的画儿。周末的午后，煮一壶茶，静静地翻阅，窗外天阴沉沉的，刚下过一场雪。

张爱玲比较偏门的书，比如《少帅》，比如《异乡记》，其实都是比较特别的书，爱和旅途可以那么荒凉无着，却又绵密铺展，甚至让人暗暗惊讶。像冬天里的一棵树，或者，一个人冷眼旁观。当然，还有《小团圆》，细读都是非常好的书。适合冬天的读本，沉入到一种悠长清冷的氛围。

优雅无语

优雅是个叫得过滥的词，我的一位真正称得上优雅的朋友开玩笑说：“我现在最怕别人用‘优雅’这两个字来称呼我，吓得心里怦怦跳，感觉好像在骂我。”优雅不是能随便说出的。

真正的优雅不是用来说的，它隐藏在日常的生活中。而非穿什么衣服，拿什么包包，或者说句什么时尚优雅的话。

章怡和在《伶人往事》中提到特殊时期曾在康同碧家吃早餐，她记忆很深，简单的早餐怎么能这么好吃呢？后来，她找到了答案：康家的女儿仪凤有一天清晨拿出六个巧克力铁盒，让她去买腐乳：王致和腐乳，广东腐乳，绍兴腐乳，玫瑰腐乳，虾子腐乳，每种腐乳各几块。一种腐乳放一个铁盒，并嘱咐她一定要多要腐乳汁，到时抹馒头吃好得不得了。接下来的细节最让我感动：康家的女儿对她说，端回家的一段路才是最重要的，因为六个铁盒一定要平端着走，否则，汤汁要溢出来。为了减少累的感觉，一路上可以想着快乐的事。端铁盒走路一定要挺胸，如果躬腰驼背地走，会越来越累。康家女儿示范走了一圈，那种姿势，用她的话说像是穿梭于巴黎高级酒店的女侍，神采飞扬。这么一个个小小买腐乳的细节，种种讲究，在我脑海里留下了这样的画面：女孩一路想着快乐的事，精神抖擞，器宇轩昂，冬天的阳光，如此的温暖。任何事都有审美和态度，简单的早餐因为如此种种，也变得格外好吃，可以如此朴素而又优雅。

章还提到另一个人，民国时代的女子史良。我记得这样一个细节，史有一次到她家来，去过她家的卫生间。一周后，史拎了一大袋毛巾过来，对她妈妈说：我看你们家的毛巾都用破了还在用，这怎么行？毛巾用到两周用硬了就不能再要了。毛巾这么便宜的东西，每天都要用的，一定要保证品质。两家是朋友，讲话不用转弯抹角。这个细节我也记得很深，毛巾这样的小物件，很容易被忽略，真正的讲究和优雅绝对是隐藏在生活的点点滴滴，或者是花小钱的东西上，它或者只是一条每天都用到的毛巾。

还有一个关于史良的细节：她在火车上睡觉都得换睡衣，不方便怎么办？她先生就预先带了一块布帘和一截细铁丝，两分钟就围起了一个帘幔，让她舒舒服服地换上睡衣，戴上睡帽睡个安稳觉。这样的细节都与钱不相干，却都是优雅到了骨子里，男人女人都是如此。

我记得最优雅的事倒是这样一个我总对朋友们提到的细节：旧上海大家闺秀戴西小姐，即使在最艰难最没有尊严的时期，刷完重重的马桶回来，也要用铝锅架上铁丝烤面包，仪式般地喝一个下午茶。这是世上最简陋的下午茶，却好像有阳光流淌，香气四溢。那是一个即使陷入困境也毫不妥协的女人的下午茶，是心里悄悄奏响的《巴赫十二平均律》，它是内心的天堂。的确，没有人能限制你的灵魂，那，真优雅。

前几天看了一部法国片《刺猬的优雅》。一个女门房荷妮，肥胖臃肿卑微，与优雅似乎毫不相干，但她有一个隐密的内心世界。门房内间就是满满一面墙的书，关起门来，是另一个无人打扰的世界。她泡上一杯茶，摆上两块甜饼，打开看了一半的《阴翳礼赞》，眼角眉稍间顿时有了神采和秘密……后来，她被住同一栋楼的丧偶老绅士小津先生发现，只是因为一句无意中的对话：幸福的家庭都是相似的，她脱口而出：不幸的家庭各有各的不幸。小津先生注意到她了，因为一个门房居然说出了安娜·卡列尼娜的台词。她不一样。她有另一个世界的优雅，这种优雅像一束小小的光芒，有着不一样的穿透力。

优雅是一件隐藏在骨子里的事。

不做什么清单

如果可能，每个人应学会列一个不做什么清单。这个社会，不做什么往往需要更多的勇气。

听到某人谈起京剧表演艺术家张火丁，说看了她演的《春闺梦》，有种被唤醒的感觉，我理解这种被唤醒的感觉，在这个综合感观都麻木的年代，被唤醒是多么重要的事，让人心怀感激。他说，欣赏张火丁，不是她在台上比别人做得多，而是做得少，她除了演戏，不做别的，没有其他演员那么多想引起注意的小心思和小动作。说得真好，做得少，这个少比多更难。这是个缺少“少”的年代。

有一段时间，我对酒店下午茶特别有兴趣，附带也对酒店设计感兴趣。但说实话，很多酒店的设计都在庞大上做文章。而我发现城郊的一家酒店却非常懂得留白，深色、高旷、留白，懂得借外面的光与影。我走进酒店大堂是下午两点，阳光穿过百叶窗，大堂的光影是浮动的，整个空间的感觉让我一下子就惊呆了。这个酒店很远，但我后来又分别带父母和三两个朋友去了两次，没有一个人不喜欢。“少”真是“多”。我也是普通工薪阶层，却愿意为这种美好买单，在那里安安静静喝一杯咖啡，我也觉得特别超值。

有一部日剧《深夜食堂》，说实话，剧集简单到只是五平米，几个人，但就是这种少，却展现了人生的悲欢离合，人情世态。当你懂得升华少时，它会像胭脂沾了水一样渗透开来。

某个校园一栋建于 20 世纪 90 年代初期的老楼，老式两室一厅的一楼，带一块小小空地。主人是匠心独具的人，用紫藤花搭起了一个门，还在阳台搭了个玻璃书房，书房外自己设计了鱼池，非常日式简约，玻璃书房里就是书和炭盆，还有音响。60 平米的旧房，不多不少，恰到好处。我也不认识这家的主人，却看痴了过去，前前后后绕道去看了两次。这才是家，这才是热爱生活的人。在旧房子里打造了一个天堂。懂得少即是多，三口之家要那么大的房子干什么啊，为了一个大房子，背那么多的贷款，省吃俭用，承受焦虑，却忽略了小而美、少而美。细想想真是可怕的事。

我有一位朋友，穿衣服很别致很好看，总是被人问在哪儿买的。她说，最简单的款，尽量好的面料，普通裁缝做的。算下来，跟淘宝上的衣服差不多的价格，面料却比买的上了几个档次。她说她只穿天然棉麻丝的面料，但这些面料市面上却鱼龙混杂，简单了解面料常识后，一季去布料市场扯上几段可心的面料，自己拿去一件最简单的款，找裁缝照样子做上三四身衣服就够穿了。简单的款一般裁缝都做得出来，并非什么高端定制，那是富人追求的事。

当你比别人做得少时，你往往能唤醒别人一些什么，因为你专注而有力，这很难得，不是吗？

种种可能

台湾著名的生活家叶怡兰，重新装修自己的房子，为了什么？是想把家里风景最好的地方留给餐厅和书房，这两个利用最多的地方，最需要风景的地方。按自己的需求重新定义空间。

我当然没有重新改变我房间的格局，因为嫌麻烦。我家风景最好的一面在客厅，视野比较开阔，俯身可以看到草坪，当然，这里是我最愿意待的地方。去年，我把书柜都搬到了客厅，小小改变了一下布置，于是，客厅有了书房的模样，有窗前可以写点什么的圆桌，有可以躺着看书的长沙发，可以听音乐的音响，可以看影碟时喝茶吃小零嘴的大方几和休闲椅，还有绿色植物。客厅是环形，北向，夕阳西下时最漂亮，家里看得见光影浮动。桌布都是我在胭脂路淘的棉布头，图案别致耐看，一个朴素却丰富的客厅。

家的空间是可以随意组合的，没有人规定书房该是书房，客厅该是客厅。它应该是随你而动。

我看到别人提到的一种茶香炉，记住了。因为我见过很多种所谓熏精油的香薰灯，现在纯精油太少太少，而真的又太贵，于是，一些劣质精油熏得人头昏脑胀。可是，这种茶香炉，结构一样，托盘里熏的是茶叶，茶香四溢，熏过的茶叶还可用来沏茶，像刚刚焙过的，真好真实用，雅致之极，成本低得多。

换一种思路多重要。万事万物的深处都有一眼活水。

看林文月提起曾在日本认识的一位料亭女老板，虽是一位生意人，但生活方面的梦想挺诗情画意，而且跟很多人不同的是，她把梦想当作生活的必需品。比如和朋友看过一场话剧表演后，不喜欢马上评论，会选一个安静的弄堂散步，夜雾幽深，寒月残星，石板路上，边走边安静地聊聊感想；而且她从不把梦想停留于想象或可有可无的阶段，总是在忙碌之余悄悄实现，比如一条华丽的织锦带，存了好久的钱，买回来只为静悄悄地观赏；有时的梦想只去呼吸新鲜空气，于是深秋的周日，放下手头的事，约上几个朋友去洛北看红叶，安安静静地看；初夏清晨，朋友推开窗，听到楼下有人在唱歌，发现她穿着一袭淡色的夏衣，站在楼下的桥边，说要去圆山公园看牵牛花，因为牵牛花在日本叫朝颜，见不得阳光，赶早去看，看了回来再做其他的事。

最有意思的是，她特别喜欢听文学学术讲座，当时京都大学人文科学艺术讲座也对外，相当冷僻，听众寥寥，曾考虑终止过，但一位学者以能吸引料亭的板娘来听为由坚持下去了。她听得非常认真，做笔记，录音，比很多学生认真得多……这些让我想到，很多人做不成一件事，就找各种借口，是要不得的，除非你不想做或者懒惰，想做都有机会或时间，跟什么职业或身份地位都无关，只是看你对生活的热爱有多真，对待梦想，有无一颗初心。种种可能都是存在的。对于她来说，一年四季都可以当节日过，而她平日是忙碌的料亭老板娘，并不清闲。先生去世后，一个人撑起一个家，要论变得现实和世俗，她比很多人都可能性大得多，但她恰恰是保存初心最好的人。

看过一本书里的一个小片断，一位中年人谈起娱乐方式，他说他们夫妻俩，有辆双人自行车，带着太阳伞、休闲椅，骑到水库边，弄一些吃的，看书、喝酒。进了水库区后，手机没有信号，很安静。摘野菜、挖田螺、挖笋。他的水性好，有时衣服一脱，直接跳进去游个来回，消磨一天就很好，两个人对物质生活的要求真不高，关爱对方的方式就是为她做个小菜，一起喝点小酒。这个片断真是感人。

平凡普通的人照样有种种可能，只是你常常不经意地错过。每一天真的是唯一，过去了不再来。

辛波斯卡有一首诗就叫《种种可能》：

……

我偏爱绿色。

我偏爱不把一切

都归咎于理性的想法。

我偏爱例外。

我偏爱及早离去。

我偏爱和医生聊些别的话题。

我偏爱线条细致的老式插画。

我偏爱写诗的荒谬

胜过不写诗的荒谬。

……

我偏爱格林童话胜过报纸头版。

我偏爱不开花的叶子胜过不长叶子的花。

我偏爱尾巴没被截短的狗。

……

我偏爱自由无拘的零

胜过排列在阿拉伯数字后面的零。

……

我偏爱不去问还要多久或什么时候。

我偏爱牢记此一可能——

存在的理由不假外求。

会涂口红的女人

一位电台的朋友，曾采访过铁凝，注意到一个细节，铁凝涂口红前和涂口红后，判若两人，她这样总结：她是会涂口红的女人。这话我也深以为然，我见过铁凝的很多张照片，第一眼就注意到她的嘴巴，真是很奇怪的事，她很有画龙点睛的本领，精气神通过口红传递开来，非常之好。大学刚毕业时，参加一次培训，在郊区，跟我住同一间房的一位女孩来自另一单位，她也是会涂口红的女人，一涂上口红，立马精神四溢，整个脸瞬间亮起来了。她说，她不涂口红绝不出门，不然像是没睡醒的。果然是如此，哪怕是晚饭后外出散步，她也会涂口红。她说，女人随时随地都要显得有精气神。有时候，只需一点点，一点点就好，脸上有一个亮点就够了。

前几天与一友人聊天，我注意到了她的眉毛和头发，夸了几句，她笑着说起来：早上要送孩子上学，来不及，我都是开车等长红灯时画眉的，还不错吧，手很快。我眨了眨眼，笑问：旁边的车，一定有人看你吧。等红灯时，女人都有些很可爱的习惯，放下前镜，整理头发和丝巾，或者涂点口红。一点点小动作，有时太投入，后面的车按喇叭了，一抬眼，变成了绿灯。去日本时，看到那里的女人无论年龄多大，都是化妆的，说化妆，也只是简单的画眉、涂口红而已，整个人瞬间精神明朗起来了。美是一种礼貌，也是一种习惯。

无端地开始喜欢白衬衣。印象最深的一次关于白衬衣的记忆，是在若干年前上海地铁站。一位三十岁左右的女人，着一件开襟小方领棉麻略中长白衬衣，下面是灰色阔腿裤，平底软鞋，非常简单。眉清目秀。地铁站有风，她远远地站着，真的就像电影画面。这个场景我一直记得。女人，大概干净、安静，才穿得好一件白衬衣吧。驾驭一件白衬衣需要更强大的气场。我记得自己最喜欢的一件白衬衣，薄棉的，宽松款，轻透，走在风里，自由摆动。当年去香港南丫岛就是穿的它，因为净白有风，适合悠闲海边小镇。配上手编草帽，好像人也灵动起来。

小小的珍珠耳环，以前是并不注意的，现在却觉得别致，简洁。喜欢黑色的人尤其适合。看过一个盘发的女人，穿上镂空黑色改良短旗袍，搭配的小粒珍珠耳环，又干净又别致。有一种灵动舒缓的美，春天江南烟雨的感觉。还有一例，简洁版黑色立领衬衣，配上宽松款旧蓝牛仔休闲裤，小小粒的珍珠耳环像是一个温和的补句，让上下通顺，一气呵成的流畅。珍珠耳环像耳边的一首小诗，温润妥帖。有些东西，好就好在恰到好处。

能够保持穿吊带衫的体型，怎么说也是一件幸运的事。身边有一个这样的朋友，偏瘦体型，按常人的标准，也许并不完美，但她穿吊带露背衫，很美。有一次，她穿着婆婆从美国寄来的一件及膝露背的吊带裙，令人眼前一亮，我夸了一句，她笑着说：我都没穿胸衣。其实胸大胸小，都不是美丽的因素，自然、比例协调才最重要。协调才可能生美。美就是不挣扎，心平气和。身形、气质浑然一体。

平底鞋是可以妩媚生风的，有一种含蓄舒适的美。春秋时光脚穿，更是别有一番韵味。一位朋友出行也跟我有相同的习惯，喜欢长时间步行。她到北京，有朋友带她去一些地方，告知要走很远的路，问她走不走得动？她说：我备好了几双布鞋。着一双简洁布鞋，穿一件淡藕色麻纱长裙，涂一点植物成分护手霜，风吹起，就是旅行了。多余的统统不要。

女人，朋友堆里至少要有一两个保持美丽习惯的女人，这样才会时时给你一种提醒，不要放弃。有些女人，只是爱花钱，并不是爱美，这真的是两码事。

清白家风

现在是最关注教育的年代，也可以说是最没有教育的年代，因为分数代替了教育，让家风和家教都荡然无存。这不能不说是一个天大的缺憾。

这几天在重读寿岳章子的京都系列之一《千年繁华》，这个日本的女教授，从出生到去世，一直生活在京都古城。写这本书时，她住在父母留下的一栋老房子里已五十四年了，这栋房子盖得非常好，通风状况堪称天下第一，夏天可以不用空调。这书是她回忆自己在京都生活的点点滴滴。我喜欢这本书，很大程度上却是被她的家风和家教所打动。在一个小城，满满当当的小家情怀和世间情谊。

她说，我的双亲并非生性奢华，但对饮食非常讲究。如何吃表现寿岳家的生活精神。

她家里六席榻榻米中间摆了一张矮饭桌，无论是吃饭还是喝茶，全家人都会聚拢在这张饭桌周围，开心地谈天说地。有时候，只需一张桌就可聚拢一家人，可是，很多人家里有豪华的餐桌，却常常失去了温馨的氛围，这是钱买不来的。

“家里很多年一直用火盆，生火是父亲的拿手绝活，将前一天晚上埋入灰烬里的火种稍微翻弄一下，添少许木炭，黑炭会慢慢烧红，热水壶也跟着发出沸腾的响声。烤吐司面包、年糕，鱼干，孩子们围绕在母亲身边，也常常烤海苔。一有香味传出，父亲就会从书房走出来：煮什么东西？算我一份吧。”这样的场景真是令人神往。一家人动手做点什么，吃是一件共同的事，一件循序渐进的事，一个过程。

她说起一道母亲常做的料理“山药泥”，这个段落我看了几遍。“母亲去世后，我动手做过两三回，每次我总是边做边流泪。从前这可是一道充满欢乐的料理。山药放在大研钵里研磨一两千下，再加入高汤，从这步骤开始就是全家总动员，四个人都到厨房集合，研钵放在厨房地板上，我或弟弟负责扶稳研钵，母亲一点一点将一大早就熬好的汤，沿着钵体的边缘缓缓加入。使用大量昆布和柴鱼煮出来的高汤比清汤味道浓些，如果一开始全部倒入，山药泥和高汤的美味无法自然调和在一起，将高汤缓缓倒入研钵后，听到父亲指示，再打一颗蛋到研钵里，使用研磨棒时不可以粗鲁地碰撞到研钵体的边缘或底部，正确的力道是让棒轻轻游走在山药泥间。这道料理是父亲的家族传承下来的，制作过程相当复杂。”做好后，每个人的白米饭里浇上山药泥，一家人一起品尝，胃口大开，欢声笑语。这个过程，怎么看都像是一种神圣的仪式，父母能够给孩子留下什么？钱？房子？海外留学？统统不是，这些太过表象。很多年后，能够留下的只是某种对事对物的珍重和珍惜。我们在丢失什么？情怀，耐心，还有万事万物的敬畏。

“关于要不要在家吃饭这件事，如果说好要在家吃饭就绝对要遵守约定，这在我们家可是铁的纪律。有一次母亲发了很大脾气，就是因为父亲不回家吃饭没打招呼：从结婚那天开始，我跟你父亲一起生活的时日就一天天减少，所以每一天都是非常珍贵的。正因为如此，我才想和心爱的人多点时间一起用餐，但是他却不明白我的心意，所以，我才会这么生气。”这句话让章子记忆深刻，也真的让我震惊，家也是要有纪律的，每个家都要有精神，这个精神是别人怎么变，我们家仍然在坚持属于我们的纪律。

寿岳家的餐桌就像是心灵交流的场所。

每个季节都有佳肴，初夏时节，白萝卜的叶子细嫩铺满白米饭，初秋时的细姜丝淋上麻油。四季流转，情怀分明，在餐桌上细细流淌。

还有一些被人忽略的细节，而这些细节也是真正的教养所在。有人说，这是个有教育没有教养的社会，所以才会出现越来越多的问题儿童，问题中年，问题老年。

书里有一个削苹果的细节：“母亲要求削苹果时手不能碰果

肉，切成两半，果蒂切成小三角形，切半的水果再对切，即可去皮，将切成四分之一大小的水果端出，手碰到果肉，就犯了母亲的大忌。现在，每当我看到别人切水果，就会用不怀好意的眼神观察。”只是一个削苹果的细节，却能观察一个人的教养。就像我看到有的女人把“不抖腿”列入了孩子的家教，一个人，最容易引起别人反感的也是一些细节不到位吧。一个人成不成功并不重要，重要是不要成为令人讨厌的人。

“每天使用的抹布一定要煮沸消毒好几次，厨房要彻底打扫干净，洗菜和洗碗的地方不可混用。钱不可以直接放餐桌上。”他们家还有很多诸如此类的生活纪律。“若非长途旅行，绝不会在电车上吃东西，不仅吃相难看，最重要是非常不卫生。现在年轻妈妈们太漫不经心了，出租车司机说小孩把冰淇淋、巧克力弄得到处都是；餐厅里小孩胡乱碰盘子，玩弄食物，没有一点用餐的卫生观念，这是我母亲最不喜欢看到的。对于这件事，专注且全心全意，绝对遵守餐桌礼仪。”这才是家风，从小就要求做到的，长大再去做就成了自然而然的事。我在想，为什么有些人看上去那么低调谦和，舒适如沐春风，都是有道理的。他们活在一个良好的家教环境里，这个也是与钱无关的。餐桌就是一种家教，只不过被太多人忽略或认为不重要罢了。

“我们常外出踏青，母亲带出来的爱心便当，在特别收藏的糖果盒里，有撒上黑芝麻的饭团。多层餐盒里则是竹笋、水煮蛋，木盒的沉香味。我们从不跑太远去旅行，顶多是回父亲的故乡。旅行的大半乐趣来自于母亲亲手做的饭团便当。”真好，木盒的沉香味。这样有爱心的旅行，让孩子们明白了家的乐趣，而不是钱的乐趣。旅行只是换个地方用餐罢了，并不是你到过什么很高大上的地方，吃什么昂贵的大餐，一家人在一起就很开心了，在免费的绿水青山中，晒晒太阳，呼吸新鲜的空气就好，很多东西真的是钱买不来的。人与人最大的区别是钱买不来的东西你拥有多少？

还有一个关于全家大扫除的情景让我记忆深刻。“一家人的大扫除可说是精彩万分。父亲带头，上半身披上一条大浴巾，下半身一件短衬裤，威风凛凛地出场。用旧棉布制作掸子，用旧毛巾缝制抹布，毛巾折三折，大针脚缝合起来，我目前积存了两百条亲手做的抹布。除了一般湿抹布外，还有好几条干用抹布，擦走廊的、擦桌子的、擦橱柜的，分门别类到有点复杂的程度。”连抹布都是亲手制作，都能留有回忆，一家人齐齐动手去做一件事。这样的事某种程度上已成了一个家庭事件。真是精彩，有滋有味。

我记得章子提到这样的场景：“春天的时候，母亲开始在院子里晒布、缝衣。我也永远忘不了母亲在茶室中，面向南面窗户缝制和服的背影，同样的背影也会出现在书房，她在书房中做翻译，或替父亲的诗集上色。总之，我家的家风就是勤奋，认真地生活。”

勤奋、认真并不是过时的词，它才是最好的清白家风。他们只是普通人家，却有着平实的家风。这种家风才是孩子们最重要的成长养料。

细雨的夏夜，这个住在古城里几辈子的人家深深地打动了我。他们也只是普通人。

读书

许我一世清欢

世上已无芸娘——沈复的《浮生六记》

《浮生六记》是我反复翻看的一部闺阁文字。最好的古文是清简好读，意境清雅，多一字嫌多，少一字嫌少的。

《浮生六记》我也先后买过两个版本，最喜欢的是青岛出版社的老版。疏朗大气。

关于《浮生六记》的记忆，是去香港南丫岛，那个无机动车的小岛。植物、海、散步的大狗，我穿一件旧软的白衬衣，戴一顶草帽，穿着夹指拖，夹一本《浮生六记》到海边，享受这无边的静寂。对面中环金融中心的喧嚣好像是另一个世界，这是一件奇妙的事。香草园就在背后，清风无限，摊开《浮生六记》，沈复和芸娘这对小夫妻的世界呈现在眼前。

我记住的是这样一个个小细节，“芸或与人坐谈，见余至，必起立偏挪其身，余就而并焉。”这样小小的身体语言真是灵动，夫妻恩爱始于一些小的身体语言。难怪他们对很多老年夫妇相视如仇者，不能理解。中秋日，他们去沧浪亭赏月，“携一毛毡设亭中，席地环坐，守者烹茶以进。少焉，一轮明月已上林梢，渐觉风生袖底，月到波心”。

芸喜食腐乳和卤瓜，而这，是沈复最不爱吃的。“芸以箸强塞余口，余掩鼻咀嚼之，似觉脆美，开鼻嚼，竟成异味，从此亦喜食。芸以麻油加白糖少许拦卤腐，亦鲜美，以卤瓜捣拌卤腐，名之曰“双鲜酱”，有异味，余：始恶而终好者，理之不可解也。芸：情之所钟，虽丑不嫌。”写来有如闻到腐乳香臭，有滋有味。

难怪林语堂说找妻当如芸娘，可这世上，已无芸娘。“其癖好与余同，且能察眼色，懂眉语，一举一协，示之以色，无不头头是道。”因芸喜欢田园，两人找到一处人家，“屋仅二间，前后隔而为四，纸窗竹榻，颇有幽趣。邻仅老夫妇二人，灌园为业，知余夫妇避暑于此，“时方七月，绿树阴浓，水面风来，蝉鸣聒耳，邻老又为制鱼竿，与芸垂钓于柳阴深处。日落时，登土山观晚霞夕照，随意联吟。月印池中，虫声四起，设竹榻于篱下，老妪报酒温饭熟，遂就月光对酌，微醺而饭。浴罢则凉鞋蕉扇，或坐或卧，听邻老谈因果报应事。三鼓而卧，周体清凉，几不知身居城市矣。芸喜曰：他年当与君卜筑于此，买绕屋菜园十亩，课仆妪，植瓜果，以供薪水。君画我绣，以为诗酒之需。布衣菜饭，可乐终身，不必作远游计也。”这样的语言，颊齿生风，清澈流淌，别有怀抱。能共享清寂美感的夫妻能有几人？现代人是望尘莫及了。

还有一个细节，芸想与沈复参加夜游活动，但是古代非男子，不能往。芸于是女扮男妆。“易髻为辫，添扫蛾眉；加余冠，微露两鬓，尚可掩饰；服余衣，长一寸又半；于腰间折而蝶履，大小由之……及晚餐后，装束既毕，效男子拱手阔步者良久。揽镜独照，狂笑不已。两人出外夜游。芸调皮地身一侧，按一坐在帘后司事之眷的肩膀，旁边有婢怒吼：何等狂生。芸脱帽翘足示之曰：我亦女子耳。相与愕然，转怒为欢，留茶点。”这样生动的夫妻出行记录，真正有趣，令人羡慕不已。这个世上，没有无趣的事，只有无趣的人。同样，没有不对的事，只有不对的人。

菜花黄时，沈复和朋友相约赏花饮酒，想要对花热饮。芸别出心裁地租了一个街头馄饨担子：携砂罐，加柴火煎茶。“是时，风和日丽，遍地黄金，青衫红袖，越阡度陌，蝶蜂乱飞，令人不饮自醉。既而酒肴俱熟，坐地大嚼，担者颇不俗，拉与同饮。游人见之，莫不羡为奇想。“夕阳西下时，芸还在馄饨担子上煮小粥消酒，大家果腹而归。这样的句子读来让我啧啧称叹，倾慕不已。芸的情致放到现在，都少有人能及。人生的不同就在这别出心裁。

夏月荷花初开时，晚含而晓放，芸用小纱囊撮茶叶少许，置花心，明早取出，烹天泉水泡之，香韵尤绝……芸手作移动“活花屏……用砂盆种扁豆置屏中，盘延屏上……随意遮拦，恍如绿阴满窗……”

《浮生六记》充满了这样灵动的细节，免费的快乐，所谓情趣，今天的人还留有几分？真的是万种不及。钱能买来的东西太有限了。那种内心深层次的满足感是钱买不来。这样浮燥的时代，说浪漫是低估了他们，他们是真正的生活家，是真正懂相处的人。腐乳夹在馒头里，各得其香。

港岛的黄昏，繁忙的空中航线穿梭不停。慢慢读着，日头慢慢沉落海面，芸娘的世界清晰地浮现在眼前。生之有趣，值得好好回味。流传下来的不过是真实的清欢，浮华只是过眼烟云而已。明白这一点，生活真的可以重新删繁就简。一位日本整理家说过丢弃一件东西的标准是：这件东西是不是令你怦然心动？细想想，很有道理。这个世界，我们常常是在丢掉和抓住之间虚掷了大把好光阴。真懂情趣的人，一年抵得上别人十年。

小河淌水——《古诗源》

我是在某部古装电影的开场听到这首越人歌："今夕何夕兮，搴舟中流/今日何日兮，得与王子同舟/山有木兮木有枝，心悦君兮君不知。"俯拍的镜头，苍凉的越人歌，一下就被击中。古人的用义，我暂且不管，我更愿意把它当作一首男女相悦的歌。唱得天摇地晃，中流击水。这种默然相爱、寂静欢喜的情绪表达得淋漓尽致。后来，我知道了这本《古诗源》的书，发现一些非常好的句子皆出自此。我们在求新求变，殊不知，中国远古的文化早都有了，真是惭愧。我们的爱情诗只有爱，没有情，而这种情是流淌的，如舟行水上，川流不息，潺潺不会枯竭。

"茕茕白兔。东走西顾。衣不如新。人不如故。"这算是古代的怨妇歌吗？怨得灵动活泼，左顾右盼，有田埂里微风吹过的气息。有怨而无恨，是比现在的怨妇可爱多了。这种怨是有爱的嗔怨，有妩媚，而不是怨恨的怨。如三春枝头的小鸟吱吱叫，有一丝顽皮和清新。中国民间的语言有大美，大美的东西信手拈来，如小河淌水，听得见声音，也如三月的桃花，闻得见香气。语言无味时，读读这样的句子，滋养一下五脏六腑吧。

“君乘车，我戴笠，他日相逢下车揖/君提簦，我跨马，他日相逢为君下。”此一时，彼一时，写出人生的河西河东，万千滋味。真正的好文不在长，而在知道如何短。复杂的东西简单表达，无须堆砌。

还有这两首，也是有滋有味：月令农语云：“三月昏。参星夕。杏花盛。桑叶白。河射角。堪夜作。黎星没。水生骨。”我不懂农事，只是无端的喜欢。上穷碧落，天上地下，天地万物，花开花落，浮想联翩。民间有清欢，信手拈来都是诗。芳草萋萋，连绵不绝。

“江南可采莲，莲叶何田田。鱼戏莲叶间，鱼戏莲叶东，鱼戏莲叶西，鱼戏莲叶南，鱼戏莲叶北。”很直白，很民间，没有任何技巧，却栩栩如生。我读大学时，还真不知《古诗源》为何书，只是无意中看到这几句，喜欢得紧，抄在日记本的扉页上。活的语言从年少一直记得。现代人的语言太干涩了，再难得写出这样灵动的好句子。文字的感觉像捉迷藏，像推开窗，又是一面窗，连绵不断，真好。

“江南无所有，聊赠一枝春。”这句也出自《古诗源》，如果送别，这大概是最诗意的句子吧。

写态的句子非常有态：“是耶非耶，立而望之，翩何姗姗其来迟。”还有那首李延年的“北方有佳人/绝世而独立。一顾倾人城，再顾倾人国/宁不知倾城与倾国？/佳人难再得！”一顾再顾，眉目传情，念念不忘，必有回响。古代写女子写出了最高级的美——“姿态”，而现代的美除了漂亮性感什么的，难有顾盼之情，非常寡淡和单薄。李渔的《闲情偶记》里提到女人的“眉目”，很传神，他说女人的“态”比长相更重要，就像王朔说的“女人的头发和腰比脸蛋更重要”，似乎也是有些相通的道理。

这首《善哉行》中间的几句，最早是在胡兰成的书里读到的，觉得很特别，后来知道了出处。要说才华，中国古典诗中才是真正才华横溢，这句“来日大难，口燥唇干”，只觉世道真要变了，个人大环境，种种沧海桑田，扑面而来，写活了一种变故来之前的山雨欲来。那时，真的只能过好一天是一天。“来日大难，口燥唇干。今日相乐，皆当喜欢……欢日尚少，戚日苦多。何以忘忧，弹筝酒歌。”现代人看似丰富，实则苍白，被信息碎片化了，听的说的做的都像蜻蜓点水，没一点自己的东西，精力分散了。古人没那么多娱乐，心思单一，思想才更活跃，灵气从来只产生于丰富的单纯。

还有这首《西门行》：人生不满百，常怀千岁忧。昼短而夜长。何不秉烛游。”喜欢这秉烛夜游的意境，这样的话放到今天，依然恰到好处，有滋有味。一位朋友曾跟我说过她“秉烛夜游”的经历。一个月朗星稀的夜晚，她在清江边吃完晚饭，突然想和家人夜游清江(她从小在清江边长大，水性很好)，横渡过去，距离不长。朋友说她不是诗意的人，但那天，月亮倒映在水中，声声作响，一轮明月，无限清辉，荡漾水中，肌肤如雪，原来诗意从来只在身边。

淡淡地浓，浓浓地淡。不光是人情味儿，这句话用来说古典和现代语言，也很妥帖。

这是一件有意思的事——清少纳言的《枕草子》

翻译作品最深得我心的，一部是《圣经》，一部是《枕草子》。《枕草子》是我当仁不让的枕边书，任何时候，从任何一页翻阅都能让人清静愉悦。一部宫庭女官的闲笔，却流传了许多年。类似于笔记之作，四季变幻，万物流转，身边小事，书信往来。年华是这样一种东西，无可奈何，稍纵即逝，所以，记录下来也是一件非常有趣的事。也许当初并没想到成书，无心之作的无心很重要，没有匠气。热爱生活的人总能窥得美好一隅。

“五六月的黄昏，一名穿红色服装的男人，将青草整整齐齐地割下，他戴一顶小草帽，向左右搬运青草，非常地感人。”她的感观非常敏锐传神，有动感。

“车将艾蒿压碎了，当车轮转到上端，贴近身旁时，一股香气袭来，十分开怀。”好玩，有趣，生生不息，接地气儿。

“高雅的东西是，淡紫色日衣，外面着了白色汗衫的人/小鸭子/刨冰放进甘葛，盛在新的金碗里/梅花上落雪积满了/非常美丽的小儿在吃着覆盆子，这些都是高雅的。”每每读清少纳言，我总想到两个字“通感”，感观四通八达，毫无阻隔，信手拈来，余香满口。

“用香料充分薰过的衣服，前天，昨天和今天，一直放在那里没动，夜里扯过来盖在身上时闻到余香袅袅，比刚薰的更好。”

“月是，蛾眉月。在东山的边里，很细的出来，是很有趣的。”

“一直过去的东西是，使帆的船。一个人的年岁。春，夏，秋，冬。”日常生活，天地万物都是她的素材，只需当一个静静的旁观者就好，素材永不枯竭，源源不断，取之不尽。一点都不用力，好的东西大概都是自然流淌吧。

“我认为非常有趣的事，在别人心里，却认为毫无意趣，这也是很有趣的。”

清少纳言的口头禅是“这是一件有意思的事”。灵动的文字是活水。《枕草子》有很多版本，我看的初版是河北教育出版社的那个老版，非常别致的设计，深蓝色加压白芦苇边，古朴雅致，翻译得也非常清淡自然，这个版本是我的大爱。后来也买过周作人版的和林文月版的，但我更偏爱这种有古风的初版。后来偶尔看到读库创始人张立宪提到河北教育出版社，说有个设计者非常厉害，他办读库时曾专程去请那个高手出山做设计，我一对名字，果然，高手的作品还真是一眼望出来的。简单，却又不一样，跟文字感觉妥妥帖帖，能很好地衬托阅读的快感。好的设计一定是简洁的，跟文字一样。谈起版本，我很想多说两句，喜欢看书，对书的版本自然非常挑剔，手感，封面，内文排版……现在的书哗众取宠的多，清心素淡甘于寂寞的少，真正的好一定是耐得住寂寞的。

周作人说："夏日之夜，有如苦竹，竹节细密，倾刻之间，旋即天明。"好的文字有粘度，有层次感，又简洁。《枕草子》便是这样的文字感觉。

阅读《枕草子》，口齿留香，余味绵延，里面有许多关于爱情的记录。那时的人，一封书信，就要随手摘一支梅花附在一起送过去，受人玫瑰，手留余香。天地万物，看情人能关注脸上最动人的角度，光线明暗是有分别的，黎明，月下，黄昏，侧影，衣香，凡此种种，都入清少纳言的文中，这是有意思的事。

小津安二郎说他的电影以余味取胜，他终生只拍清淡简单的风格，他说做豆腐的人你让他做咖喱饭，他如何做得好。他用清淡成就了一代大师。还是那句话，好的东西无须刻意深刻，只用余味取胜。那是有意思的事。用大自然的话成文，是上帝之手，是神的语言。

第 N 次手捧《枕草子》时，正在杭州满觉陇路的山间客舍，下着雨，露台上，数点星光。伴奏大提琴音乐，没有惊艳，只是耐听，不厌倦，纯背景。年长以后才发觉简单的好，人、物、音乐、文字，种种皆是如此。翻开《枕草子》，清少纳言说："夏季夜色迷人。皓月当空时自不待言，即使黑夜，还有群萤乱飞，银光闪烁；就连夜雨，也颇有情趣。”一句句读过，仿佛听见山中雨滴的声音、青蛙跳进古池的声音。我在想，那是一件有意思的事。

“生活的最佳状态是冷冷清清地风风火火。”这是木心先生说的。只可意会。唇齿留香的感觉还真是妙啊。

你使我感到分外的满足和虚空——《圣经》

《圣经》不是中文原著，但是我不知道是谁翻译的、语言近乎天籁，非常有美感，是翻译作品的一种极致。

我没有宗教信仰。我读圣经，看到的不是教义，而是一种语言的美感，它从某种意义上来说是一部非常好的文学作品。木心先生说他读《圣经》超过一百遍。某些时候，能感觉到他写字时已然有《圣经》里的某种语感，可见影响度有多大。

这本书很多人通读可能读不下去，但可以从最清简美丽的部分读起，比如雅歌，那真是最美的情诗，那么原始天然无邪，那真是神的语言，常人根本说不出来。

“你的眼好像鸽子眼/以青草为床榻/以香柏树为房屋的栋梁/以松树为椽子”，非常灵动的语言，这只鸽子眼波流转，青草、香柏树、松树，都是散发香味的植物，爱情变成了一种气息，闻得见，栩栩如生。

“如同苹果树在树林中/我欢欢喜喜坐在他的荫下/尝他果子的滋味/觉得甘甜”，真好，很生动，就是欢欢喜喜尝他的果子，很简单。好的爱很简单，如同渴了想喝水，饿了吃果子。记得那时年纪小，风在林梢鸟在叫，你爱谈天我爱笑。写爱情不是死去活来，而是一种灵动的青草气，隔岸可以闻到。就是这种感觉。

“我的良人啊，等到天起凉风/日影飞去的时候/你要转回，好像羚羊/或像小鹿在比特山上。”我喜欢这种风吹来飞去，光影移动的感觉，如汩汩泉眼，源源不断。语言的大美只是一种意会，圣经里都是活的语言。文字的活气有多重要，看美好的文字就如同渴了掬一口泉水，五脏六腑都清爽通透，人一个激灵就兴奋起来。中国字用字有多讲究，“良人”比“爱人”多了一层爱怜和崇拜的意味，美妙了许多。

“我夜间躺在卧床上/寻找我的爱人，我寻找他，却寻不见/我说，我要起来/游行城中/在街市上，在宽阔处/寻找我心爱的/我寻找他/却寻不见。”多好，反反复复，只能意会。第一次看《圣经》时，就是看到这两句：“在街市上，在宽阔处，寻找我心爱的，我寻找他，却寻不见。”一下就被这两句简单的言语击中，因为有寂寥的画面，还有神态，非常苍茫空阔。“你的眼在帕内好像鸽子眼/你的头发如同山羊群卧在基列山旁/你的牙齿如新剪羊毛的一群母羊，洗净上来/没有一只丧掉子的……”多有质感的文字，很新鲜，很生动。类似的句子还有“你的双乳好像百合花中吃草的一对小鹿/就是母鹿双生的/我要往没药山和乳香冈去，他的眼如溪水旁的鸽/用奶洗净/安得合式/他的两腮如香花畦/如香草台”，这样的句子很简单，真的像一只灵动的小鹿，双眼顾盼生辉。“你的肚脐如圆杯/不缺调和的酒/你的腰如一堆麦子/周围有百合花”这种天然的麦香味萦绕着我，好的文字是闻得见香气的，是清洁的。曾看到一幅凡·高画的农人夫妇卧在草垛上的画面，也是可以隔着画闻得见阳光下草垛的香气，好的作品一定不复杂，能让人瞬间被打动，受感染，意会神领，很愉悦。现代的人心思枯竭，真正是写不出这样有灵气的语言了。

《圣经》里特别的句子还很多，有的东西只能凭感觉。只可意会，不可言传，每个人的感觉都会不一样。“你要像一棵树，栽在水边，按时结果子，叶子也不枯萎。凡他所做的，必都顺利。”顺四时，不逾越，不着急，这样又美又好的句子，圣经里有很多。“生有时，死有时，言语有时，静默有时，舍弃有时，怀抱有时……”人世间的沧桑静默裹着轻风的气息扑面而来。

我现在有些理解了不是基督徒的人读圣经超过百遍。我没有读那么多，却是放在枕边，随手翻翻，带到火车上，随手翻翻，都能看下去，也无所谓看多久，随手看，随手放下，熟悉而安然的感觉，那的确是神的语言。有些文字你不会厌倦，只是因为那是活的水，不会枯竭，像桃花瓣落在水面上，桃李不言，下自成蹊，落花流水杳然而去也。

“你使我感到分外的满足和虚空”，这便是圣经文字所带来的意境吧。

叁

雨中书房

美　感

对一件事物的关注，只是因为美或者让我看到了某种深度热爱，这才是理由。而不是这件事本身有多高雅或是受人追捧。

看电影《一轮明月》里弘一法师，还叫李叔同时，在日本留学期间画西洋画，回答模特的一句话：因为美能让真理自然呈现。这个回答真好。美就是理由，别的都不是。所有的热爱都产生于美感，而不是说教。

曾经因为《牡丹亭》的唱词写得太过精美，读起来都有韵律感，继而开始听昆曲，并非因为懂戏曲。最初听的一场《牡丹亭》，也是在江南园林里听的“实景园林版”，我深深地被那种风吹舞动，衣袂飘飘，落叶萧萧，隔岸相望的氛围所打动，我能说我喜欢昆曲可能最根本原因还是真正感受到了那种氛围和美感。如果在生硬的舞台上一板一眼地唱给我听，我可能会没有这么深的感触。

对书法，我也不太懂。但前段时间看蒋勋的一本《汉字书法之美》，很有感触。蒋勋有些书是应景之作，并不耐读，但这本我很喜欢。有美感。一个东西让我感受到了美，我可能才会慢慢关注和喜欢。

里面讲到王羲之的老师卫夫人，她并没有教王写字，却是把字拆开，带他进入视觉的审美。比如有一课是教笔画“一”：卫夫人称为“千里阵云”。把他带到户外，一个年幼的孩子，在广大的平原上站着，凝视地平线，地平线上排列开的云层缓缓向两边扩张，卫老师在孩子耳边轻声说：千里阵云。云排开阵势时有一种很缓慢的运动，很像毛笔的水分在宣纸上慢慢晕染渗透开来。又恰似静静流动的回忆。

胸中有真意，下笔才有悟性。

有一课是竖，“万岁枯藤”。卫夫人把王羲之带到深山，从枯老的粗藤中学习笔势的力量。让他把身体吊上去悬在空中，可以感觉到藤枝的韧。竖，要写到拉不断，写到有弹性，里面会有一股往两边发展出来的张力。

我想，我可以慢慢懂得一点点欣赏书法了。真正的高人都不是技术流，而是深层次的美感和渗透力，万事万物之间的流淌和无阻隔，气血通畅。

“墨是流动在光里的烟。看宋代书画，透明，空灵，流动，都是呼吸的空间，一层一层，决不胶着。”好的作品像呼吸一样自然。

书里提到“云门舞集”，演员用身体动静收放来表现书法的意境之美，行草，狂草……“狂草”里身体用到极致，看到的图片，演员的黑色衣裳像狂风中的乱叶，酣畅淋漓，天人合一……听说跳“云门舞”的人每天有固定的书法课，“写字有瘾，戒不掉。能够成为瘾，大部分与身体的记忆有关，毛笔字书写容易上瘾，是全身的投入，像一种呼吸，呼吸是戒不掉的。”真想现场看一场“云门舞”。“云门舞集”十月份时在北京演出了一场行草《松烟》，很遗憾，知道时已过了演出时间。

记得蒋勋最后这样说：“每次签名流熟到自己心虚时，回家就想静坐，从水注舀一勺子水，看水在赭红砚石上滋润散开，离开溪水很久的石头仿佛忽然唤起了在河床里的记忆，被溪水滋润的记忆。我开始磨墨，松烟一层一层在水中散开，最细的树木燃烧后的微粒微尘，成为墨，成为一种透明的黑。每一次磨黑，都像是找回静定的呼吸开始，磨掉急躁，磨掉心虚的慌张，磨掉杂念，知道‘磨’才是心境上的踏实。”

最近，也是很有机缘。看到旅法钢琴家朱晓玫的一个纪录片，这部纪录片让我有些意外，我看的时候，甚到有些怕漏过一句话的感觉。看完，第二天深夜又重看了一遍。不是我对音乐有多懂，而是我被那种小心翼翼怕打破宁静的氛围和深度热爱打动了。朱晓玫，非常朴素，邻家老太太的模样，走在人群中可能很快被淹没。但她弹琴的姿态却让人很快忽略其他，只看到她的沉迷和热爱，她从头到尾闭着眼睛弹琴，几乎看不到什么身体动作，只听到音乐流淌，如流水般，不舍昼夜。弹完一曲，手落在钢琴上久久没有移动，古堡内的烛光，古堡外的厚雪。深爱音乐的人不会有太多音乐之外的呈现，只会让人关注她的音乐，而不是其他。无端地想起有人评价京剧名伶张火丁，说她在台上小动作很少，除了演戏，她不干别的。不像有些演员为了吸引别人的眼球，哗众取宠地做一些与演戏完全无关的动作。我注意到了，朱晓玫除了弹钢琴，也不干别的，发型普通，衣服普通，不化妆，但她坐在钢琴前的姿态却端庄通顺，成为了《哥德堡变奏曲》最适宜的背景，只是一个背景。说来也巧，最近看到一位资深古典音乐迷评价国内某位很火的钢琴家弹琴时摇头晃脑，姿态不好，完全没有庄重感。细想想，还挺有道理，你感受不到他发自内心的热爱，只有炫技。这之间，差别太大了。音乐不是给懂的人听的，它只是一种安慰。有深度热爱的人才能传达或者诠释这种深层次的安慰。而我，因为看这部纪录片，我想，我又好像打开了一扇小窗，人生，只是因为感受到了某种极致的热爱，才能与美好的事物相逢。

美感和热爱，是一切事物的通道。

荡气回肠的无用

看陈可辛的一个访谈，很有意思。一位从事拍摄工作的年轻人说自己将要去纽约大学读电影，陈说那真是可喜可贺，但接下来又说：其实读电影是无用的。底下哄堂大笑。他自己也笑了：读电影系真是无用的，但那几年时光真快乐，难得的快乐。明白了，无用的快乐。也许，最终，那些无用的快乐和灵气才成了最终有用的东西。

我对白岩松印象极佳，为什么，他会做无用的事，而且做得出神入化。他说自己是吃货，是北京美食的活地图，成了朋友们的美食 114，某某偏巷里的一桌鲜，某某厦底层的涮锅，只要别人问深巷里的那家面馆怎么走，他立马报出：沿着长安街开出多少米，左拐进一个胡同，然后再右拐，大约 500 米就到了，门脸很小，千万别错过。他的朋友评价他如果吃到一碗上好的小面，脸上呈现出来的是一种放松的表情，相当好看，满足极了。这些有用吗？无用，但快乐，有滋有味。他是爵士音乐控，家里有上万张唱片，没事时，他喜欢做的事就是把自己关在屋子里，听听爵士，一个人呆着，特舒服，有用吗？就是舒服，好听。他至今不用微博、微信这样对于很多人来说有用的信息平台，别人的有用变成了他的无用。

在这个疯狂教育的年代，我倒是很鼓励孩子读课外书，这对于应试教育来说，也许根本无用，但我是这样想的，人得有独处时快乐的能力，不是吗？阅读可以是这种廉价的快乐。我希望他在看金庸武侠小说时感受到他字里行间的刀光剑影和人生侠义，看《中国国家地理》时产生内心的博大，那本《选美中国》，他看了数遍，也对科考学家李铨科产生了浓厚的兴趣。李铨科有一段访谈，说了一段无用的话。他讲南极的幻像，天空出现很多个太阳，那一刻，只有亲眼看到了，才会惊叹。他说，其实，我们要相信，古代的后羿射日是真实的，那时候空气纯净，纯净的空气才可能出现如此的幻像。一句话，诗意也有了，知识也有了，对比也有了，呼吁也有了。他讲南极的企鹅这样讲：那是个母系氏族社会，女的选丈夫时，男的都站在那里，女的转着圈儿选。但是企鹅是终身紧密型夫妻，男的负责孵化小企鹅，整整四十天，要瘦掉不少。如果有人想带走企鹅，必须夫妻两个一起走，因为谁离了谁都活不了。底下哄堂大笑，企鹅的知识有了，动物世界的专一也有了。那是个纯净的世界。他说曾经在南极呆了三个月，回来时根本就不想见人，电话响了躲开，因为感觉跟很多人不太有话讲。

我有一位朋友做过的最无用的事，是45岁高龄千里迢迢去台湾看陈升演出，她非常喜欢陈升。无用而疯狂的事，很多人觉得不可思议，但她觉得非常值。她的价值观是把钱花在热爱上，不要花在别人看得见的地方。

一个上海女孩研究生毕业后租住一所老房子。房东是一对八十岁的老医生，干净精神，房租要得不多，但对房客要求很高，详细地了解她后，很满意地把房子租给了她。而她一租，就是八年，对于租房的人来讲，这有多难得。而她和房东之间的交往非常无用古雅。房东每三个月一定会来一封信，上面写着“××你好，这是房租水电及相应费用……”不打电话，以书信的方式沟通。厚厚的一摞信，这种老式的温情也许是无用的，但实在是感人。老房子有阳光落地门和老旧地板，可以看得见悠悠的时光痕迹。她说，没觉得租房子有什么问题，很好，房东甚至希望她结婚后也能住在这里。

无用的幸福感，因为稀少而弥足珍贵。

世上最美丽的事

阿霞跟随先生陈乐“淘宝”行动已经六年。她说的“淘宝”可不是现如今的网络淘客。陈乐的人生一大爱好就是淘旧货，越老越旧越好，花钱不多，乐在其中。家里现如今被一些杂物堆得满坑满谷的。起初是他一人节假日出门淘，后来，孩子大点住校后，阿霞的空闲时间多了，挺身加入。很多朋友问他们夫妻闲暇时光用来做什么？她说他淘货我跟着瞎起哄吧。

去年小长假的景德镇之行，因为偶然听我提起，他们知道了景德镇每逢周一清晨的“鬼市”。“鬼市”上的东西良莠不齐，但也不乏精致之物，这就是考验眼光的时候了，道中人自然以此为乐，淘得什么倒是其次，关键是享受“淘”乐。

周一，他们起了一个大早，黑灯瞎火的，还真是“鬼市”。他们到达那儿，天才蒙蒙亮，地摊货色已一字排开。陈乐冲进去，眼睛马上亮了，完全顾不上阿霞了，开始与各路摊主交涉。他看到一个古窑烧的旧碗内镶嵌的瓷片，左比右划，激动不已，完全尽失“淘将”的风度；看到一旧瓶，不起眼地缩在角落里，被他慧眼识到，拿放大镜仔细看花纹……阿霞也自顾自地淘自己的心水之物。一个旧碗，卖主说是清朝的货色，她倒不懂真假，对眼缘就行，开口 20 拿下，那一个乐啊。阿霞和陈乐就这么走散了，一小时后，她的手机响起，他们在门口碰头。陈乐把大包里的东西就地展示给阿霞，他的眼光频频得到同来朋友的青睐：“好货好货!”他还淘得明代官窑的瓷盘，因为破损廉价卖出，他好像占了一个大便宜，那个乐啊……鬼市收摊早，他们到附近吃早餐。夫妻共淘共分享，其乐无穷。后来，他们回来跟我分享了景德镇之行，让我也有了很多意外之喜，这是题外话了。

清明前后，他们去广西淘货，因为收获太多，一回到宾馆，太兴奋了，陈乐把东西铺开摊在床上，一件件地把玩品评，最后错过了吃饭时间，饿得不行，就去小摊上一人一碗面，沽点当地的散装啤酒，来盘毛豆，一连干掉了三瓶啤酒。

更有趣更值一提的还在回家后的延续。手巧的阿霞无限发挥了自己的聪明才智。家里这些杂物堆多了显得零乱，她动上了脑筋。陈乐淘回来的破瓷片被她做成了一个别致的香盘，搁在卫生间里去味，有朋友来家，无不称道，问是哪儿买的？破损的造型真独特。她都没好意思说是一个破瓷片，根本不值钱；一个旧玉牌被她缝在了旧旗袍的领口，成了画龙点睛之笔；一个暗绿色旧瓷盘被她妙用作了肥皂盒，古瓷杯用来当漱口杯，古色古香，物尽其用；老旧花纹碗被用作了烟灰缸，客人来了，忘了抽烟，专门盯她家烟灰缸去了；陶片被她穿上绳子做成小挂件送给外地来的朋友……

她家床单是用陈乐收来的土布拼接做成的。略懂美术的陈乐看中上面的纹理，收回来后堆在杂物间，阿霞寻思着这东西啊，得利用才有价值，就自己动手，下过水后拼接成了床单和一个小靠枕，睡上去又舒服又养生透气，这些东西无意中成了家里的亮点。陈乐淘来的玉筷子也被她春节拿来待客，既别致又是对客人的尊重；春天，去龙井村的淘茶之旅，让陈乐淘来了一些当地人自己喝的土茶，就是未加工的茶叶，很便宜，但口感一流，生津止渴。回来后，阿霞心生一计，把茶叶用他们平日搜来的瓶瓶罐罐分装好，系上小麻绳，作为礼物分送给朋友。我也有幸收到过这样的礼物，超级开心。

可以说，她无限制地发挥了陈乐的这一爱好，拼接得恰到好处，把一个不起眼的爱好无限放大。她被他赞为“淘”中的最高境界。

陈乐常说，千里马常有，伯乐不常有。知夫莫若妻。

他们的钱除了必要的存款，就花在这些无用之物上了。很多人不解：“你把老公管紧点，钱下什么投资不好，用来买这些无用之物，来的盘缠去的路费，你不但不阻止，还跟着瞎掺和。真不知你到底在想什么。”她哈哈一笑说他能自娱自乐说明人到中年，身心健康。跟着掺和，是因为我也慢慢发现了其中的乐趣，夫妻之间，如果两好合一好，那么乐趣就是翻倍的。这个过程是钱买不来的。你说值还是不值？比一些有钱夫妻打牌看电视无聊吵架可真是有趣多了。

阿霞不擅理财，但陈乐非要把钱交给她管：“你控制点我的行为，我怕管不住自己。”她无意中还担任了把关的重任。有一次，他们一起去江西宜兴淘紫砂壶，在一个店里，陈乐看到一把壶，品相年号都是他心仪的款式，但价格不便宜，他左思右想正准备下手，她对他眨眨眼睛，示意他出来。她已把壶的编号记下，出来后，让朋友上网去查一下，那个年代根本就没这个款型，明显的假货，根本不值这么多钱。

去上海田子坊时最有趣，他们利用双休去的。早上进去，晚上才出来。那里面的各路鬼才蛮多，旧物琳琅满目，陈乐进去一家就移不动脚了，坐在那里跟店老板喝上了……阿霞想提的是另一件事，那次她看中一件设计款的旗袍，价位超出预支，根本不舍得下手，没想到她在另一间店流连时，陈乐一转身就买下了这件旗袍。他忍着没有买他的心水之物，买了阿霞的旗袍……

我记得叶曼曾说过这样的话，世界上最美的事情，不是看到一对年轻人卿卿我我，而是看到一对中年夫妻能快乐地混在一起。作为旁观者，我真的忍不住喝彩。

缓缓流淌的生命力

我什么事大概都是要滞后半拍，《走出非洲》的书，前不久才看，非常喜欢，说实话，前几年，《走出非洲》的影片我看过两次，但没有像别人那样那么深刻地被打动，我还没有走入那种语境，对非洲也比较无感。但这次看书，不一样了，震憾加感动，深深沉入到一种氛围，不能自拔。几个译本，我凭直觉选了一个最早的译本，像赌一把，没想到好得超乎我想像。很奇怪的对比，我准备过段时间，再把电影找出来重看一遍，也许感受又不一样。不得不说，有时候，文字的魅力远超过影像本身，电影只是撷取了书中的一个小片断而已，那种荡气回肠、微妙只可意会之处很难呈现。整本书充满了生命力，淡极而美，却活力四射。传递一种真实的生命力，这本身就是超越所在。难怪一位诺贝尔文学奖得主曾由衷地说，诺贝尔文学奖没有颁给布里克森，那是一个失误。

“如果我想唱非洲的歌，我想唱那长颈鹿以及洒在它背上的新月……”也许，正如布里克森所说，没有什么能像野生动物那样静如处子，开化的人们已失去了静谧的天性，他们只有向野生动物学习，补上这个空白，才能为其接受。人在非洲，不可自行其事，必须顺应原野上的风，色彩与气味……你一经掌握了非洲的节奏，就会发现在它的一切乐曲里，都有着相同的音符。“真正值得忧虑的倒是我们卖弄学问的习气，所有的土著都是停顿艺术的大师，停顿，乃是为交谈开拓更广的思路。”

印象极深的是关于非洲的夜舞。真美啊，高原的月光奇迹般清朗皎洁，一堆堆的篝火，土著既没有强烈的对比感，也没有对比的兴趣，自然的脐带还没有完全与他们割断，只是在月圆之时，他们才开夜会，月光越亮，他们舞得越美。“这些跳舞的人，有不少是步行十五英里来，随身带上笛子、羊皮鼓，于时，乡间的大道小路都回响着音乐声，就像风铃在月亮的脸庞上摇响，美妙的声音漫天飘荡。”布里克森这样描述土著生活：它渗透着宗教、策略，又有如芭蕾舞剧，人们执著地、灵巧地一丝不苟地将它运用于各个领域，这种习惯最妙之处在于将对立面置于自己的掌心，随意摆弄。

很喜欢书里关于土著女人的场景。暮色之中，布里克森习惯于每天和土著管家家里的老太太和姑娘们安静地坐一小时，“她们对一切都感兴趣，一点小事也会使她们高兴不已，庄园里的小灾小难，当地的趣闻轶事，都能令她们笑声不绝，有如房中的铃铛奏出和谐的乐声，我打算教她们编织毛衣时，她们又是咯咯笑个不止，好像是观看滑稽木偶戏似的……庄园里的老妇精神充沛，活力横溢。庄园里发生的每一件事她们都有浓厚的兴趣，她们会步行十英里，去观赏年轻人的‘恩戈马’，一个笑话，一杯土酒，能让她们皱纹纵横的脸和牙齿脱落的嘴都舒展于开怀的笑声中……在这个封闭的女性世界里——不妨这么说——在它的高墙和防御工事的背后，我感到了一种伟大理想的存在。”我想，那是进化的世界丢掉的原始之美，浑然天成，汁液饱满，充满活力。在土著男人的眼里，惟有女人是他的奢侈品。有一个小细节，关于非洲小物件绿松石珠子，大概女人都会注意到这样的小小细节。布里克森看到土著姑娘戴的一串小小绿松石珠子，非常奇妙，富有活力，她说“似乎在姑娘的手臂上进行生命的呼吸”，她也想拿过来戴，没想到，竟然一下失灵了，戴在她手上不过只是一件廉价装饰品，而它在当地姑娘手臂上却生机盎然。绿松石与泥炭、黑陶般的肤色才能交相辉映，绽放异样光彩。人和物永远是相衬的，适宜才会呈现出隐藏的美丽和协调。

当然，还有戴尼斯，那个喜欢飞翔、享受生命的男人，电影《走出非洲》里撷取的重点，在书中描述得其实并不多。布里克森说，戴尼斯的性格中有一点很值得她珍惜——喜欢听别人讲故事。戴尼斯常年用耳朵生活。“多少个夜晚或是黄昏，我们在火炉前铺上垫子，席地而坐，盘上腿，打开唱机，美妙的乐曲弥漫在清凉空气中，如一股溪流向我涌来。”这样的场景真美啊，非洲的夜色和壁炉，还有唱片。当然，还有娓娓道来的故事。“非洲高原的空气也沁入我的头脑，如同葡萄酒那般整天使我醉意微微。”戴尼斯去世后不久，她要离开庄园，处理物件时，有一个屏风，“在火光映照下，屏风上的人物栩栩如生，就像我给戴尼斯讲的故事的插图，我对屏风凝视良久，下决心将它折叠起来装在木箱里，屏风上的人物将暂时得以憩息。”戴尼斯永远地长眠在了非洲，那个充满神奇故事的地方，也许他能永远安静地聆听。

布里克森说，常年住在都市的人们真是苦极了，像被奴役的奴隶，在一切运动中，他们只知道一维空间的事物，他们沿着一条直线行走，恰似被一根线牵引的木偶……人为什么要旅居，为什么要阅读，不是为了解决任何问题，而是为了让自己的世界更开阔，不至于只有一维空间的思维，不至于变成一个机械的木偶。有人说过这样一句话：“我征服了一切，却站在墓碑中间。”

我清晰地记得这样一个细节，她离开庄园，处理相关事物，签订合同时，注意到合同上有一句条文：上帝的行为。当地人的解释是：凡是不可预见的，与任何条文、理由相悖的东西，都是上帝的行为，意即不可抗拒之力。真是合理的解释。事情总会发生的，环境具有一种动力，凭借这一动力，它们造成事件，永远无须借助人类的想像和领悟。一切大概自有天意。人该有敬畏之心。

尾声时，有一段话让我落泪：“我伫立着，凝视着他们，一种曾萦绕在脑际的幻觉又浮现出来：要离开的不是我，在我的感知中，我没有离开非洲，而是非洲正在缓缓地、庄重地从我身边离去，俨若退潮时的大海。”

我的眼前出现了非洲草原上的夜色，风声、异香，动物丝绸般的耳朵、紫罗兰般的眼睛，在自然的活力面前，所有的后天之物和说词教条都黯然失色。

布里克森在非洲庄园呆了十八年，回去写了这本书。一本流淌生命力的书。它是用生命在书写。相比之下，很多东西就成了轻薄之物，不值一读。一个作家，最重要的不是意志也不是耐力，而是生命力。

一个人的好天气

看书是为了当作家？当然不是，仅仅只是欣赏而已，阅读带来齿颊留香的愉悦感，无可替代。曾记得胡兰成第一次看到张爱玲文章时，躺在院子里的躺椅上，看到一半时，惊得坐了起来，再看完时，站了起来，激动得不停地踱步，然后是辗转写信要见这位作者……当然，见不见没那么重要，看到好文时那种感受和震动倒是真的，只是因为欣赏。我对于喜欢的书，总是反复地读，不为什么，只是因为愉悦感。8 月底去北京，往返的高铁上，我带了萨冈的《你好，忧愁》，曾读过几遍的书。去时读一个小中篇《你好，忧愁》，返回时再读个小中篇《某种微笑》，这本文集里我最喜欢的两篇，停停读读，看风景、发呆、打盹，心情舒畅。书、景、火车、行程，本就构成了一种曼妙。

我自己也写书，也只是写而已，并没什么野心，也并没觉得自己写得怎么样，这个世界，高手只是极少数，多数只是如你我一样的普通人，写多半只是一种自我满足和表达，并没有多重要。更多的时候，我更愿意做一个欣赏者，欣赏这世上珍贵的少和好。亦舒曾说："学习是一个愉快的过程，懂得越多，越能自处，维持静态优质生活，读《红楼梦》是因为想当作家？当然不是，看一本好书，是真正的欣赏。"那个冬夜，重读《红楼梦》时，看到晴雯撕扇的小细节，宝玉说的这么一段话："你爱砸就砸，这些东西，原不过是借人所用，你爱这样，我爱那样，各有性情。比如那扇子，原是扇的，你要撕着玩儿也可以使得，只是别生气时拿它出气；就如杯盘，原是盛东西的，你喜欢听那一声响，就故意砸了也是使得的，只别在气头儿上拿他出气。这就是爱物了。"当时，就发了一会儿呆。道理不是说出来的，是悟出来的。

夏天的某个深夜，窗外蝉鸣，客厅里只留了一盏阅读灯，读龙应台的《大江大海》，那种感觉，真的像在一艘大船中，漆黑一片，跟随着别人的命运颠沛流离、心情起伏。作读书笔记时，摘录下这一段："台北的剧院演出《四郎探母》，我特别带了老父亲去听，那时，他已八十岁。'我好比笼中鸟，有翅难展，我好比虎离了山，受了孤单；我好比浅水龙，困在了沙滩'，一出戏，他的眼泪一直流，一直流，我也只能紧握他的手，不断地递过纸巾。然后，我意识到，流泪的不只他，斜出去前一两排一位理着平头，鬓发皆白的老人也在拭泪，他身旁的中年儿子递过手帕后，用一双手从后面轻拍他的肩膀。谢幕的掌声中，人们纷纷从座位上站起来，我才发现，四周多的是中年儿女陪伴而来的老人，有的拄着拐杖，有的坐着轮椅，有的被人搀扶，他们不说话，因为眼睛噙着泪。中年儿女彼此不相识，但在眼光接触的时候，沉默中仿佛交换了一组密码……”

喜欢读剧本，是因为想当剧作家？当然不是。也只是喜欢而已。我从高中开始就喜欢看剧本，记得那时有个刊物，时间太过久远，名字记不清了，刊登剧本，一本书上四个剧本。家里有个老式不能活动的躺椅，冬天落雪时，我把被子铺在躺椅上，暖暖地窝着，很享受地读，沉入到一种意境中，那真是沉闷高中时代的一点点微光，过去多少年还记得。现在这个剧作家横行的时代，我从未动什么心思也要去写个剧本，剧本的要求有多高？画面感、文字感、空间架构感、节奏感、递进转换的能力，作者好像是水墨画家，是摄影家，又像是书法家，还像建筑师，当然，还要有相当的文字驾驭能力和底蕴，眼到手到心到，有到此为止的节制却又回味无穷……一般人根本不能胜任。记得自己高中时代看过的好剧本，那时，剧本是可以当文学书去看的，真的给了我太多美好回忆。

电影我也是爱看的，喜欢的电影我会买票连续看上两次。换上干净衣裳，用保温杯装上咖啡，留下充裕的时间步行去影院，散场后慢慢步行回家。某个周末，两天的午后，我分别看了两场影片，很巧的是，同一个影厅同一个座位。喜欢开场前的影厅那种空荡荡，安静看完片尾再离开影院……特别喜欢的影片，再看一遍；不喜欢的，笑笑就好，无需评论。按自己的选择，当个好的观众和欣赏者，享受看电影的整个过程。

面对美景时，也不太喜欢用相机了，碰到喜欢的地方，倒是想喝点什么，静静坐一会儿，记在脑子里就好。记得陈丹燕写到的这么一个场景，有一次旅行到酒店，已是深夜，月色清明，推开阳台门，映入眼帘的是海，是远远的火山遗址，那个月夜，她想赶紧开一瓶白葡萄酒，好好地融入到这种震憾中……对，就是这种心情。欣赏，只是好好地沉浸下来欣赏。

记得这样一句话：真正懂得人生的人，只是为了欣赏而赶路。对于人生，我一知半解，但想做一个好的欣赏者。

时间存折

申昆一年前从德国回来，约我见面，是一个我没去过的位置，我说为什么选这个地方？她说，你来了就知道。地点离我家开车大概20分钟，非常好找。这家小餐吧提供别致的下午茶，很安静，食物也可口。她从我的表情看出了我的满意，笑着说：一举几得。这样对时间最尊重。她不说尊重人，而说尊重时间。你看啊，见一面得两个小时吧，这两个小时得有个不一样的地方，你可以有心得，又获得了一个新的信息。下次你也可以带朋友来这里。每次见面，尽量约一个别人没去过而你认为不错的位置，这样是对别人时间的尊重。地点的选择其实也是一种用心和品位的传达。申昆的细节特别好，我见识了她的高明。

她这次约我见面的地方是一个隐藏在巷子里的老店，甜品很好吃。她熟练地替我点好，那一天，我们聊得特别愉快，感觉是度过了一段非常值得的时光。

上海有一位友人，倒真是让我见识了她对时间的尊重。我因为出差与她相约见面，她很愉快地说，好啊，我来徐汇这边见你。她非常准时，并且笑着跟我说，今天我正在想要不要去徐汇那边买东西，就接到你的电话，而你正好在徐汇这边住，真好。她说得很随意，但让人感觉自己很受欢迎。她带我顺路去很近的外贸店，用简单几句话教我选外贸商品便宜又高品质的技巧。二十分钟后，她跟我聊着天儿就走到了一家开在老房子里的餐厅，她点了牛排，我点了海鲜饭。吃饭时，她告诉我上海哪家老式面包房的面包好吃，她撕下本子上的纸给我画了草图，告诉我从住地怎么去。她还教我煮一款常煮的鸡汤，最是清简滋补……两个小时时间，我只觉得色彩缤纷，岁月静好，心灵补给，该谈的事也顺带谈完了，过得极开心。

对时间的尊重，这个在国外很普通。申昆讲起了海外邻居，再熟悉的人约一个事，都会提前用邮件沟通，见面尽可能你情我愿，皆大欢喜，不然，对不起自己和别人的时间。申昆讲起某一次她去国外的餐厅吃饭，约见面的两个友人居然都穿着黑色小礼服，非常有女人味，像一幅画儿，那顿饭显得很正式很有范儿。她第一次知道了即使是见女友，也要赏心悦目，让见面的时间尽量愉快。见面意味着某种传达和分享，你有什么要传递给别人的？哪怕是精气神和漂亮！

两个小时的时间，你会向别人传达点什么呢？大家都忙，时间损耗不起。如果浪费时间，不如多陪陪家人更好。

而我想说的是交友其实也是一样的。有些朋友是在消耗你，没有任何补给，你浪费了时间，还没有收获，对方不停地倒垃圾，老调重弹，让你怀疑自己怎么越来越没有耐心，对人越来越苛刻？但事实就是如此。因为你在被消耗。有的人，你十年前见他，聊的是那些东西，十年后见他，聊的还是那些东西，只是脸上有了皱纹，腰长粗了，抱怨变多了，最可怕的是皱纹早已刻在了心里。我曾遇到过几次如此的消耗，事后后悔不已。前几天，几个多年未见的同学相约聚会，那一天，我本有事，而且她们约的地方我开车路不熟，让家人画了很详细的路线图，千辛万苦寻到那里，却发现其中的组织者找了一个闹哄哄的位置，说话都听不见，她却说让大家找回青春的感觉，当时就无语。好多年未见，感觉说什么都有隔阂，她们没变，是我变了。她们聊的是如何使用淘宝，还有每天都被很多人谈起的口水话题。那天聊的话我一点都记不住，感觉被消耗了一下午，开车回家时天色已黑，拧响车载收音机，正传来一首动人的音乐，那一刻，感觉自己才回来。有些人，真的不如不见，有些话，多说一句后悔很久，感觉对不起自己的时间。把时间花在不值得的人和地方，是对自己的不尊重。

创销书作家凯鲁亚克说，我喜欢花时间跟对的人聊天，他们热爱生活，不露锋芒，希望拥有一切，他们从不疲倦，从不讲些平凡的东西，而是像奇妙的黄色罗马烟火那样不停地喷发火球、火花……是的，这些人让你对生活总是有希望。

龙应台有个时间存折，她把每天做的事存进时间存折，每存进一件事，时间就少了一笔，递减。细看明细，一定会惊心。时间如沙漏，就这样静悄悄地流走，尊重别人的时间，也尊重自己的时间。

古书之美

十一月，曾听了一场特别的读书会。关于古书，关于阅读，关于家庭氛围。周末的阴阴天，却有一场久违的感动。友人从美国万里迢迢带回自己搜罗来的古书，只是为了让人感受到古书之美，进而对阅读产生一种向往。

说实话，我是一边听一边记笔记的。像小学生一样，我也有一种痴。

第一本，是她去英国旅行时，在莎士比亚故居买的古董书，1900 年版莎士比亚德文版，很漂亮，暗红色封面，排版疏朗有致。我看不懂文字，但能感受到涓涓细流、缓缓流动、山坡、高地、草甸的感觉。友人说，她喜欢莎士比亚，有十一本不同年代的莎士比亚的书。莎士比亚可以对抗时间，让人感受到一种智慧和不朽。

曾记得木心先生的评说很到位，他说：”莎士比亚总是把事情搞大，写嫉妒，弄到《奥赛罗》那么大；写恶，弄到《麦克白》那么大；写仇恨，弄到《哈姆雷特》那么大。天才有两条规律：一是把事情弄大，一是把悲哀弄永恒。”他写透彻了，到此为止了。木心读莎士比亚的书一百多遍。对比木心，我比较浅薄，莎的书我只读过四大悲剧，读过两遍而已。薄薄的四小本，朱生豪的译本，若说台词剧本力度什么的，莎士比亚已经到顶。

第二本，是一本古希腊的诗集，苍绿色的封面，古书的色彩都是暗哑的，隐隐的布纹光泽，透出古拙的年代感，令人心动折服。友人说，很多年前读一首诗，记住了这样一句话：“生活的意义是什么？诗人的回答是：‘找个结实的姑娘结婚吧。’”她说，这句话诠释了所有的生活意义。

有人问一位诗人，你为什么去写诗歌，他说：“一个阅读诗歌的人，比一个不阅读诗歌的人更难征服。”友人说，她读这句话是1993年，她当时并不十分明白，但有一种隐隐地震动。10年后，她明白了这句话，并且心悦诚服。每个人的生活中都有那种挣扎和纠结的日子，也许是很长一段时间，没有人能帮到你，只有自己渡河，去领悟，去成长。她用自己的经历去诠释了这句话，任何境遇，阅读一直在伴着她，从未离开。她说，一路走过来，她的语速变慢了，感觉不一样了，世界越来越开阔。听她缓缓道来，我也想起了一句诗：“你尽有苍绿。”

她说，她先生的藏书中80%是诗集。她当时不是很明白，在美国生活五年后，她明白了。她展示了一本1888年的老歌谣唱本。她说，唱本也可以做得这么漂亮，有音韵，端庄顺服，宛如行云流水。她去美国时，49岁，语言不通，老师靠诉她，从儿童歌谣读起吧，小BABY的绘本，色彩、韵律如天空般纯净，那是语言的源头，雪山草甸的初心。她受益很多。而五年后，在语言上，她说，终于可以算是初中毕业了，歌谣依然是她枕边的读物，因为最美的东西通常是最简单的，最灵动的。

她接着展示了一本1919年的音乐书，那是一本有关戏剧、歌剧、歌谱、绘画的书，她在维也纳旅行时购得。她说，美国很多人喜欢音乐书，音乐书是有韵律的，可以流淌的，令人心动。喜欢读诗读音乐书的先生开玩笑告诉她：预防老年痴呆有两种方法，一是唱歌，二是学一门新的语言。可以防止小脑萎缩。

我注意到，有些旧书的封面上，总是有暗暗的灯光和书，还有那个穿乡村布裙的女人，迷人的低着头。

话题谈开去。谈到了画儿。她说，艺术在美国很家常，并不高大上。她去过一些美国人家里，连清洁工家里都是挂画的，并非多么昂贵，只是杂志上精美的插页，比如勃朗宁的画儿，他们剪下来用相框装好，挂在墙上，朴素自然，他们喜欢让家沉浸在一种安宁古老的氛围中。这与身份、钱或是高低贵贱没有关系，只是每个人内心的需要。夜晚的灯光，墙上的画儿，内心的宁静。

她在拉斯维加斯古董书店淘到一本诗集，布朗宁夫人的诗集，小小的开本，是《查令十字街84号》的海莲可以装在大衣口袋里去中央公园散步带的书。她讲起一段小插曲，本来看中的是一本艾米莉的初版诗集，可诗集要价太高，她只好放弃。她开玩笑说，拉斯维加斯是赌城，很多人赌赢后就到古董书店买走一本心仪已久的昂贵的书。

友人提到去英国，特地寻去了查令十字街 84 号，那是一家有名的古旧书店，因了那部书，流传了半个多世纪。可惜的是，友人环顾四周，原址已变成了一家麦当劳。查令十字街 84 号已经消失，但那条旧书街还在，一些气息尚存。那部《查令十字街 84 号》，我曾反复看了很多次，说起来也奇怪，简单得不能再简单的书，却有一种浓浓地化不开的情绪，让人沉浸其中，久久不能释怀，也许是那种叫情怀的东西吧。那个在没有暖气的房间里读书取暖的女人海莲，俏皮地隔空问古旧书店的老绅士费兰克："你究竟在那儿干什么呢？我的利亨特在哪里，我的《牛津诗集》在哪里？春天到来之际，我想要一本情诗集，可以放入裤兜中带到中央公园的……"

有　味

章怡和的《伶人往事》里提到的一些艺人演艺以外的功夫，因为有味而令人记忆深刻：

章家请名角马连良吃饭。马连良很高兴答应，让他们付钱，一切其他事交给自己去办。这样的场面出现了，马连良订的清真餐厅来人了："刚过了午眠，几个身着白衣裤的人就来了，进了厨房，自备大锅烧开水，放碱，碱水洗厨房，案板洗到发白，出了毛茬儿为止，方砖洗到见本色。"章说，厨房从未这么干净过。紧接着，更好看的又出现了："又来了几个身着白色衣裤的人，他们肩拿手扛，带了许多'家伙'，有两个人抬着一个叫圆笼的东西，据说整桌酒席，尽在其内，还有人扛着大捆树枝和柏枝、苹果木。做烤鸭，用果木烤，再用柏枝熏。"她说，简直产生了错觉，这是谁请谁啊。黄昏将近，残阳如血。马连良隆重出场了："身着藏青色西服，身材修长，前额开阔，鼻梁笔直，眼睛明澈。”而这时，院子里果木熏香，鸭子肥软，色香味俱全。更令人惊叹的是：所有的桌面、案板、菜墩都铺上白布，马连良请来的厨师在白布上使用着自己带来的案板和炊具。抹布雪白雪白的。章家人说：哪里是请客，简直就是共赴圣餐。有信仰的人跟没有信仰的人大不一样。

一生唱旦角的程砚秋喜欢酒，也爱抽烟。酒量之大，无人可及。吴祖光这样描述他：唱了一辈子旦角的陈砚秋却有着典型的男子汉大丈夫气派，譬如他抽烟抽的是烈性雪茄烟，有一次我吸了一口，呛得我半晌说不出话来；喝酒也喝烈性的白酒，而且酒量很大，饮必豪饮。我对他说，抽这样的烟，喝这样的酒会坏嗓子，应当戒掉。他淡然一笑，说：嗓子不好的，不抽烟不喝酒也好不了；嗓子好的，抽烟喝酒也坏不了。

程的另一个爱好是打太极拳。每日清晨，一定在自家庭院里打一套太极拳。有这样的慢功力，可以载歌载舞唱完一段《南梆子》后，神色自如，不喘气不出汗。

有味的事远不止这些名伶。

自称为狐狸庵主人的作家远藤周作很有意思，他写一本正经的意识流小书《深河》，但他的美食笔记照样很好看，旁门闲笔很有意思。他说：“我的前辈，有人傍晚回家，只会开口对老婆说三句话：洗澡，吃饭，睡。堪称大男子主义的表率。想想那个年代，老婆若是做了难吃的菜，只拿筷子沾一口便说：不吃了。老婆第二天开始绝不敢胡乱做老公要吃的饭菜。现在的年轻太太满口是爱啊情啊，却完全忘了一个严肃的事实，即老婆的情爱是通过为老公做好吃的饭菜来传达的。以为装模作样撒撒娇就是夫妻情爱，根本就是不像话嘛。不过，说到为何现在的太太容易偷懒，我的看法是因为少了魔鬼般的婆婆。这样的婆婆，绝对不会容许媳妇在打扫、洗衣、煮饭时蒙混过关的。只要稍有肮脏就会叨念个不停。因此，媳妇根本不敢偷懒，不偷懒，就能把家事做好。换句话说，婆婆愈像魔鬼，愈能成为教育出好媳妇的专家。才能让媳妇牢牢记住自家传统的好味道，或做出自家风味的米糠味噌。现在变得如何了？婆婆没了骨气，媳妇才会使乱。”他还引用了永井荷风的一句话：“女人啊，若无人管束，不是变成懒妇就是奸妇。”他主张成立婆婆联盟。这样的笔记真是有趣又有味。

黑泽明，电影界的莎士比亚，却对美食有独到的理念。他家的咖啡粉是自己调的，用哥伦比亚、巴西、秘鲁等地的同分量咖啡粉制成“黑泽明”牌，煮得浓烈得要命。他喜欢吃牛肉，爱吃淌着血的牛肉，每天吃一公斤以上。他做烩牛肉最拿手，烩牛舌也不错：薯仔和红萝卜不切块，整个放进锅里煮，加点盐就行了，他说我的煮法单靠一个“勇”字。好霸气。

他家餐具很讲究，汤碗是人间国宝级的作品，碟子也是古董，他的观点是食器代表精神，不过要用才会有价值，不要摆在那里。有一段时间体检时，医生劝他不要多食鸡蛋，他却不以为然，一天几个照吃不误，他说担心才是身体的毒害，想吃什么就吃什么，这是他的长寿之道，他活了八十八岁。真过瘾，真有味。

村上春树，用跑步来成全自己，成了慢跑专家，在跑步中研究音乐、心理、文学、身体极限，方方面面。他写了一本书来谈跑步：《当我谈跑步时，我在谈些什么》。

雨中的书房

记得曾经看到的，当时还算是郊区的样板间，印象深是因为参观时是一个雨天，因为那所房子有个凸出来的玻璃书房，临着小院，靠在躺椅上读书，听雨，万籁俱寂，什么都可以不想，人生该是多么惬意啊。雨屏蔽掉了一切。可以听雨的书房。因为这个有味道的书房，记住了那个别致的样板间。

有些明白了喜欢读书的人为什么会躲起来，到深山里去住一段时间。去偏僻的地方读书写字想想总令人心动。总记得龙应台的那间半山书房，真是寂寞的书房啊，打开窗，北窗的云穿过来，从客厅穿过，再从南窗出去，这一幕怎么想想都有天上人间的感觉。如果在这样的书房里读书，可能读十分钟就要发一会儿呆，站起来看看、走走，多么奢侈的情境啊。打心底羡慕这样的书房。

我对影片中一些不相干的细节总是印象深刻。比如《非诚勿扰》中，那个像鸟巢一般的书房，挂在悬崖峭壁上，四面开阔，热带植物环绕，白纱帘飘荡，棉布沙发，阳光小书房，视野无遮拦……我的目光移不开，在这样的地方阅读，个人是可以隐去的，天人合一并不遥远。人，在忘掉自己时，最舒服。

去徽州的那一次，从合肥转的高铁，整节车箱只有我一个人，烟雨迷蒙，那是传说中的最美高铁，虽然是冬季，果然是名不虚传，如在画中穿行，倏忽而过的场景非常有感觉，这时，读一读鲁米的诗总是合宜的："唯一与春天合拍的存在方式，看来只有狂喜，任何其他的方式却与这个宜于灵魂成长的季节不搭调，歌声，轻盈的静谧，活泼的对话流淌在各种植物之间。"

关门即深山，身未动，心已远时，只能给自己营造一种氛围。三月的一个黄昏，一时下雨一时晴。开窗关窗，看雨读书，心情也随之变幻着。前段时间，买回来深山里的蕙兰，很普通的兰花，叶和花却很野，自有一种清雅之气，一室清香。曾记得一个童年时呆在深山的女友，回忆起小时候跟爷爷一起上山采兰，这样的场景总让我艳羡不已，多有诗意的童年啊。窗台外有几盆新添的杜鹃花，打苞的栀子花，买花时我变成了贪心的人，明知自己耐心不足，可是享受这一刻田园春光便好。待在被花环绕的地方阅读，也是换一种心情吧。

我的记忆里，总有一个山谷里的阅读场景。当时随几个朋友去老祖寺，山间空气清凉，泉水潺潺，他们一群人去山里了，我夹了一本书，走到湖边一个小亭子坐下，亭子被众山环绕，山谷清幽，鸟鸣清脆，水流潺潺，我坐在那里看了一上午书，光影在书页上缓缓移过，山间一日，世上千年吧。

还记得那个倾盆大雨的清晨，天昏地暗，我坐在客厅兼书房的窗前，好好地享受雨景，像是听了一场自然音乐会，感觉奢侈。

微凉光线

说到《刺猬的优雅》，看完电影我又看了一遍原著。

故事中的小女孩和金鱼的喻意我倒没觉得有多好，但是门房荷妮和小津格郎之间的种种微妙却很好看。门房平庸、肥胖、丑陋，很卑微，很容易被忽略，很不起眼，所有这些元素都决定了接下来的对比。她忙完手上的事，就关起门，泡上一壶茶，取些小点心，拿起桌上的书，进入到她的世界，无人打扰。我注意到了那本书名叫《阴翳礼赞》，这本书我看过，很喜欢，一本专门讲建筑阴影之美的书，别致，和风清凉。她进入到了另一个世界。

小津先生出场了，两人的第一次对话很有意思。小津说幸福的家庭都是相似的，而她很快接过去说，不幸的家庭各有各的不幸。小津的眼神第一次注意到了她，她的不一样。因为这句话不是普通看门人能说出来的，它来源于《安娜·卡列尼娜》的台词。他们碰巧都喜欢这本书。小津先生是老绅士，丧偶、独居，干净礼貌，有品味和贵气，穿熨烫得平整的白衬衣，花白胡子修剪得干干净净，脸部保养得很好看，丝毫没有老年男子的猥琐之气。他买了两本老版的《安娜·卡列尼娜》送给荷妮，可是荷妮的表情很复杂，受宠若惊、意外、防备。她只是一个小门房，用自己的话来说是“脏乱差”，没人会注意一个门房在想什么，她也不想引起别人的关注，可是她关起门，开启内间后，三柜子书扑面而来。她坐下来，进入了另一个世界，无人打扰，她在灯下打开了那本烫金版的《安娜》，脸上慢慢浮现出笑容。

小津开始邀请她去吃一顿便饭，她想去又害怕，还是得到同伴的支持，让她去变发型，穿整齐的裙装。她忐忑不安地赴约，第一次看到了小津的家，很通透，很简洁，很有品，一如眼前的这个男人，一个把白衬衣穿出年月和微凉光线的男人。他礼貌地迎进她，她看他的家，他逝去妻子的照片，他干净宽大的敞开式厨房，那个系围裙的男人，以最隆重的方式欢迎他，为她下厨做一顿日式料理。两人并排坐在餐台前吃饭，他说日本人吃拉面时会发出很大的声响，这才表示吃得香。他懂得以最恰当的方式消除她的紧张感和不适感。她放松下来，能自如地聊天，她还开玩笑地说日本有个小津安二郎，你跟他有关系吗？小津笑着摇头：你也喜欢小津的片子？还提到了他们共同喜欢的某部老片。她说她有这部片子，下次下午茶带过来一起看。人和人的交集就是这么奇妙。荷妮的生活慢慢地开始发生了变化……她有了期盼，有了秘密，她开始看镜子，开始自言自语，像每个小鹿撞怀的女人……

到了他们约定的下午茶时间，她整理好头发，端上准备好的茶点，悄悄地敲响了小津的门。他们相视而笑。小津家有专门的电影室，茶点摆好，坐好，很讲究地看一场电影。看到会心处，两人对视而笑。空气中有花香和暖阳。

这次以后的不久，小津敲响了她的门房，邀请她某日出去跟他共进晚餐，是很正式的餐厅。她慌乱地拒绝，担心着种种不真实的感受。可是正在门房里玩的小女孩说：为什么不去？她说，我只是个门房。可是女孩说，你不一样。她用手指了指她内间的书房，“那里不一样”。

就因为小女孩说的不一样，荷妮还是决定接受邀约。小津先生是真正的绅士，他提前给她送来了一个盒子，里面装着为她买的黑裙、鞋子，还有披肩。没有女人不为披肩动心。那是真正懂女人的男人才会送的礼物。每个女人都愿意去掉身份年龄地位，只是一个地地道道被宠爱、被了解、被爱的女人，仅此而已，无需多言。

荷妮披上披肩跟小津很正式地共进晚餐，回来的路上，小津很绅士地伸出了胳膊，荷妮自然挽起。夜色温柔起来。在街角的光影下，小津看着她的眼睛说了这样的话：“荷妮，我们可以做朋友，可以从任何一种可能的朋友开始。”

荷妮回到门房，很仔细地放下披肩，坐进了她的城堡，翻开那个小女孩送她的卡片，满墙的书柜，卡通的她坐在书丛中，一脸的安祥。荷妮笑了，她翻开小津送她的《安娜》，享受的表情。夜色，弥漫开来，书香阵阵，寂静清洁。

天亮了，荷妮起来，那是一张有人爱的女人的脸，跟以前的荷妮已经有了不一样，从她牵手小津的那一刻开始……她出去倒垃圾，看到站在马路中间的疯子，她冲他叫，下意识地要走过去拉他，一辆车冲过来，一秒钟时间……也许很多爱情，我们暂且叫爱情吧，以这种方式成为永恒。戛然而止，绝不拖泥带水。

我喜欢这种节制的情感，弥漫着清雅和恰到好处的沉默。比如《查令十字街 84 号》，比如《何时是读书天》。还有，与爱情无关的《与玛格利特的午后》，那个优雅的法国老太太，在公园的长椅上捧一本书轻声朗读。她的眼神依然明亮，有小小的光束，95 岁的老人，眼睛里还有童真和清凉，一点不混浊，真难啊。那是一种真正的优雅。想起了辛波斯卡的那句诗：当我看见这些，不再确信/重要的事物/比不重要的更为重要。

读书

与他人无关

天长地久的氛围——董桥的《旧时月色》

董桥的书，最喜欢的，反复读过的有两本《旧时月色》和《故事》，装帧设计最好的是《今朝风日好》，非常有感觉，恰到好处地衬托他的文。但是，董桥的书看那么两三本就好。个人觉得，现在感受民国气息最好的方式还是看董桥，文和人都是如此。

董说："他们这一代人从小接受严厉刻板的管教，死背古籍，死读诗词，死练书法，死做文章，基本功虚弱大人绝不姑息，取巧偷懒的勾当简直死罪。"回过头看，这种传统的教育方式真正难得，基本功是多么重要，为文为人的熏染是慢慢丢失了，传统的好慢慢地看不见了，宋词和元曲，词里行间移步款款、一顾三回头的曼妙是再难感受到了。一个人年少时的熏染几乎决定了你一生的审美力。"无审美力是绝症，知识学问救不了。"这话是木心先生说的。很多人说中国的文化自民国以后出现了一个长长的断层。而在断层后，我们所窥得的只是那么一个角落里摇曳的小草了。

董桥笔下的民国女子：“萧姨长年穿着浅色丝绸旗袍，花白的头发梳得丝丝服贴，圆圆的发髻永远插着一枝翡翠发簪，宽宽厚厚油绿得谁也舍不得雕琢。”“翠大姐，四十几快五十了还那么纤秀，一双凤眼添了几丝鱼尾纹反而更见水灵，配上那管尖尖的鼻子和那张薄薄的嘴唇，十足江南水乡一树柔媚的梨花。斜斜的秋阳穿过，窗外的绿荫照红了翠大姐的脸。她轻轻巧巧地把簪子别上发，抿嘴一笑，有点腼腆。”写苏二小姐，“靠在门框上目送他们，裹紧风衣，风吹乱长发，还是那么好看。”行走时香风细细，坐下时淹然百媚。

那个年代的女子，是真正好看，老了也好看。琴棋书画，懂诗文懂鉴赏有神有态，没有女汉子的狂硬之风，女人就是女人，静美娴淡。董桥说：“窗外飘着濛濛的细雨，像宋词，像元曲。”“艳到浓时流露的竟是小仓山随园里淡淡几波烟气。”都是一种旧时的好。陈丹青说现在的模特都好看，又都不好看，像塑料人，因为都一样，没有了神韵，而中国女子的神韵，就在眼角眉梢。中国文字传递的意境独一无二，西方人无法意会。为什么我们看不到自己的好？现如今穷人、富人都没有姿态了。

董桥写小时候仰慕的邻居姑娘云姑，油亮辫子，素脸酒窝，一生命运坎坷，高中时爱上流浪画家，以身相许，掀起惊天巨浪，不了了之，最后嫁到美国三藩市。他们习惯了逢年过节寄贺片报平安。云姑在贺片上说：“花时已去，梦里多愁，如果当初要了那孩子，我如今就不那么孤单了。邻居送我一株白兰花，这里天冷，总算唤回了你的童年我的青春。”那个年代的女子，连信都写得那么沧桑流连好看有情致。如今的女子，大多是与情致二字绝缘了。读信和写信现如今是多么奢侈的事。

写老绅士念青先生，客居万隆，当年五十不到，“鬓霜斑斑，玳瑁圆框的眼镜衬得眼神炯亮。一身亚麻细布和西装裤子微微皱出一派潇洒的风范，帅得出奇。学古文诗词。自己画图，设计洋房，后院半亩地点缀成苏州亭台花园，幽趣无穷。帮着他改英文，亲手做牛排。”对结发夫人若青念念不忘，临终前还托儿子送了董桥一个竹刻臂搁。雕的是梅石仕女图，竹色枣红，手泽鉴人。锦盒内的白绢上用小楷写着：“一九三零庚午早春携若青游杭州偶得。”那是一个老派的人，念旧不喜新。从一而终，念念不忘。像一坛子陈酒，有盈润的香气。我读董桥，读的不过是这份陈年老酒的陶然，读的是中国已丢失的美，那是真正属于我们的好东西。

2012 年春夏之交的时候，我去嘉定小城，临走前去了当地的竹刻馆，看到一个小巧的古代仕女臂搁，散发出类似于包浆的光泽，感觉到背后悠悠清凉起来。“包浆又称宝浆，是说岁数老的古器物人手长年摩挲，表层慢慢流露凝厚的光熠，像贴身佩带的古玉器化出了一层岁月的薄膜。”我站在臂搁前，时光流转，静悄悄看痴了过去。

印象最深的是董桥写沈从文，说他练汉碑练隶书一练几十年，写了一辈子字不觉得自己是书法家。说沈从文三十年代在北平写《边城》，院落里有槐树，有枣树，每天朝阳初上，他坐在小竹椅上据着红木小方桌静静地写，每星期只写一章。“情致那样闲淡，难怪沈先生真是连写字都不屑‘向世味上更浓一番了’。所谓慢，所谓底气，就是这么来的。”那方红木小方桌，也是一轮旧时月色吧。

用一段木心先生的诗来结束吧：

从前的生活
那种天长地久的氛围
当时的人是不知觉的

从前的家庭
不论贫富尊卑
都显得天长长，地久久

……

如今失去了许多人
失去了许多物
失去了一个又一个氛围

逝去的江湖——白先勇的《台北人》

“朱雀桥边野草花，乌衣巷口夕阳斜。旧时王谢堂前燕，飞入寻常百姓家。”

白先勇的《台北人》读完后，有惊艳的感觉。简简单单的故事，因为语言的独特，极有空间和时间感。拓展开来，随风而逝，说不上喜，说不上悲，甚至连哀都不是。借用《古诗源》里的一句话：来日大难，口燥唇干，今日相乐，皆当喜欢。

有些文字，让你更热爱中文，更喜欢只有中国才可能出现的精灵般的女人。《永远的尹雪艳》听说被话剧界相当看好，搬上舞台数次，可是，谁能出演尹雪艳？这是个很大的问题。这样的女人，长相漂亮只是极小的一个方面，也许，不漂亮也是可以的，但那种举手投足之间的灵动和善解人意，眼神流露出的精灵和天然之气，是根本演不出来的。“尹雪艳从来不爱搽脂抹粉，有时最多在嘴唇上点着些似有似无的蜜丝佛陀；尹雪艳也不爱穿红戴绿，天时炎热，一个夏天，她都浑身净白，净白得了不得……别人伸个腰，蹙下眉，难看，但是尹雪艳做起来，却又别有一番妩媚了。尹雪艳也不多言、不多语，紧要的场合插上几句苏州腔的上海话，又中听、又熨帖。”几句这样的话，写出了尹雪艳的灵魂：尹雪艳有她自己的拍子。绝不因外界的迁异影响到她。这样的女子，不光男人服，女人也服。因为她妥帖到位，永远客客气气，不会让人不舒服，她非常有中国女子的柔劲儿。这种柔只有中国女子才有，像小桥流水，不露声色，点缀其中，错落有致，看起来就是一股子江南的烟波浩渺，韵味无穷。“尹雪艳极少上场，她总预先替客人们安排好牌局，对每位客人的牌品及癖性都摸得清清楚楚，因为牌搭子总配得十分理想。尹雪艳本人督导着两个头干脸净的苏州娘姨在旁边招呼着。午点是宁波年糕或者湖州粽子。晚饭是尹公馆上海名厨料理的京沪小菜：金银腿、贵妃鸡、炝虾、醉蟹——尹雪艳亲自设计了一个转动的菜牌，天天转出一桌桌精致的筵席来。到了下半夜，两个娘姨便捧上雪白喷了明星花露水的冰面巾，然后便是一碗鸡汤银丝面作为消夜……尹雪艳站在一旁，徐徐地喷着烟圈，以悲天悯人的眼光看着这一群得意的、失意的、老年的、壮年的、曾经叱咤风云的客人们，狂热地互相厮杀、互相宰割……她只是个旁观者。”我很好奇地想，谁才能演尹雪艳，还真想不出来。

民国的女人，最配风华绝代这样的词。那个年代风月场上的女子亦有专业范儿，琴棋书画美食样样能来，我看过陈丹青《多余的素材》这本书里两幅对比的照片，那种姿态和神情，完全是贵气和卑贱的区别。我记得陈丹青说过这么一句话，那个年代，连买菜的女佣人，早晨出去买菜，会情人，都会在门口摆只小篮子，别人就懂了，不会打扰，很是生动鲜活。现代所谓时尚中人则是乏味的多，无风情风致可言，仅是一身堆头而已。骨子里的分量差了不是一点点。

而白先勇记录的与风情相关的文字很是耐读，那是中国的大美，那是一个逝去的江湖。现在所能看到的只是纸上风情了。李安拍色戒，让演员学打麻将，学举手投足的神情流转，并且让上海旧时代的大家闺秀去教，一笑一颦一抬手，眼角眉梢的风情岂是一两个月能学会的？但一定要知道，那是骨子里沁润、自然流淌的风情。

白先勇的短篇挺耐看，很有回味，人物的沧桑命运娓娓道来，像一幅白描画。比如很淡很淡的《一把青》，很浓很浓的《金大班的最后一夜》，很惆怅很惆怅的《游园惊梦》，那是一个有词有曲还有音律，有夫人有尊卑，能品酒行令，有落寞和寂寞的年代，现代的人连落寞都顾不上了，只有仓促。婉转之间，已是一个好时代的失去。不管命运和年代如何沧桑，它却隐藏着某种诗意和悲凉。

我喜欢这种悲凉的美感。

《梁父吟》也像梅花的枝，冷涩有风骨，“朴公跨到院子里的一角，架上摆着九盆兰花，都是上品的素心兰，九只花盆是一式回青白瓷螭龙纹的方盆，盆里铺了冷杉屑。兰花已开过了，一些枯褐的茎梗上，只剩下三五朵残苞在幽幽地发着一丝冷香。”大概白先勇先生的文字也是这些冷香了。在冷香中回味一个逝去的江湖。

田陇上的脉脉斜阳——龙应台的《目送》

很多人喜欢龙应台，是因为犀利的文笔，其实龙写随笔，功底不是一般的深厚，她写的东西有迂回曲折的细流涌动，我只能用这样的词形容她。我喜欢龙应台是开始于《目送》，这本书我看了不下三遍，买过几本送给爱书的朋友，对于爱书的人，总希望更多的人分享到这种好。

记得龙应台出任台湾“文化部长”，离港前，香港大学替她举行欢送会，只邀请十多位朋友参加，出席的人都收到一张请柬，上面有她的亲笔手迹：“写作室在柏立基学院，开门见山，推窗是海。山那边，有杜鹃啼叫，雨打棕榈；海那边，有麻鹰回旋，松鼠奔窜。我对香港，充满感恩。”连一张请柬，都见足笔力，令人过目难忘。欢送会开始前，她哭了；欢送会发言时，她再哭；欢送会结束后，她又哭。有人评价她有温柔的力量，巨大得非常惊人。

龙的文字除有一种难得的大气，还非常细腻，一般这两样很难兼得，她当之无愧华文一支笔。

序言里引用了王阳明的几句诗：“你未看此花时，此花与汝同归于寂；你来看此花时，此花颜色一时明白起来，便知此花不在你身外。”这几句话令我莫名的喜欢。有一种“因明白矣”的同感。胡兰成说张爱玲，外人看她，只说她好，我看她，却要闻鸡起舞，因明白矣。

里面有很多小短篇非常喜欢。龙的好在于文字的张力有弹性，有很多写亲情的文字其实并不好看，因为完全是个人小情怀的抒发，但龙的语言有悲凉之感，可放之四海。最喜欢的那篇《目送》，为人母，为人女的，都能明白这种感觉。关于背影，有三位作家都写得各有其味，朱自清、三毛，还有龙应台，龙的文字感染力最强。“我慢慢的，慢慢地了解到，所谓父母子女一场，不过意味着你和他的缘分是今生今世不断目送他的背影渐行渐远，你站在小路的这一端，看着他逐渐消逝在小路拐弯的地方，而且他用背影默默地告诉你：不必追。”多少苍凉，只在这一句了。你与亲人的缘分就是这样的，一个又一个的目送。

关于目送。我家先生和儿子之间每天进行着一个目送的游戏，坚持了很多年，我家住七楼，从小学开始，儿子独自背着书包上学，先生站在七楼客厅的窗口，一直目送他远去，看着他消逝在两个拐弯处，每到一个拐弯处，他都会回头，看我们在不在。先生不在家时，就是我接替这个游戏，从未断过。他从少儿长成了英俊少年，从一蹦三跳到书包越来越沉重，表情复杂了，但他还是那个阳光的少年，从未远离过。有时，亲人间，因为背影，生发出不一样的感觉。

龙应台去剑桥演讲，顺路看儿子华飞。他们沿着康桥散步，龙发现一只睡着了的白天鹅，她到在楚辞里被唤作“江离”的野花丛中拍摄，感动得眼睛潮湿，华飞在一边看着她泫然欲泣的样子，淡淡地说：“小孩。”“经过圣约翰学院，在一株巨大的栗子树上发现一只长尾山鸡，兴奋地指给华飞看——他却转过身去，一个快步离我五步之遥，站定：拜托，妈，不要指，不要指，跟你出来实在太尬尴了，你简直就像个没见过世面的五岁的小孩。”每每看到这里，我就忍不住地笑，我也是这样的，喜欢用手指，喜欢拉着儿子说你快看看，而儿子走在路上，会迅速甩开我的手。我们都是不淡定的妈。

龙带着母亲第一次搭捷运，那时母亲已患上了老年痴呆，什么也不记得了。龙要给她拍张照，她娴静地坐下，两手放在膝上，刚好后面有一丛浓绿的树，旁边坐着一个孤独的老人。“‘你的雨儿要看见你笑，妈妈’，她看着我，微笑了。我这才注意到，她穿着黑衣白领，像一个中学的女生。”我看过这一张照片，忍不住落泪，一正一反坐着的两个老人，士林站台，人生的驿站，过客，终点，命运，种种感叹，呼啸而来，像奔驰的列车。

还有一篇《胭脂》，我很喜欢。龙每每去屏东看望母亲，妈妈爱美，她买了很多不同颜色的指甲油，专门用来跟母亲消磨卧房里的时光。“把从新西兰带回来的绵羊油倒在手心上，轻轻揉搓这双曾经劳碌不堪、青筋暴露而今灯尽油枯的手。我认真而细致地‘摆布’她，她静静地任我‘摆布’。我们没法交谈，但是，我已经认识到，谁说交谈是唯一的相处方式呢？还有什么，比这胭脂阵的‘摆布’更适合母女来玩？周璇的老歌《夜上海》在一边响起……”谁说交谈是唯一的相处方式？对极了。这两天我重感冒，儿子也感冒，我躺在床上休息，他得做作业，但又想有人陪他，于是，他把作业搬到我的房间，坐在床边做，时不时倒在床上靠会儿，我从温暖的被窝里伸出手摸摸他的头，不用说话，也是一种无声的交流。有时，他做作业时，我会到他的房间里写读书笔记，只听得刷刷的写字声，同样是一种交流，寂静的交流。“涂完她所有的手指甲，到我自己。黄昏了，淡淡的阳光把窗帘的轮廓投射在地板上。‘你看！’我拿出十种颜色，每一只指甲涂上一个不同的颜色，从绯红到紫黑。”她替母亲擦了口红，又上了腮红。在她文过的眉上又画了一道弯弯淡眉。“‘你看，春英多漂亮。’她惊讶：你怎么知道我名字。‘我是你女儿嘛。’”这场游戏总会有结束的时候，人生而孤独，老年，更是如此。还能同父母耐心玩游戏的子女又有多少呢？

有一篇《山路》：龙去听老朋友蔡琴的演唱会，蔡琴的前夫杨德昌已经过逝，他们的婚姻早已结束，中间所有恩恩怨怨早已成过眼云烟。我曾在武汉听过蔡琴的演唱会，她的台风非常好，精气神饱满，充满情绪，音乐里无时不流淌着魅力，谁曾想过她也是不幸的女人？龙应台说她前面坐着两个人，一个是胡志强，一年前中风，身边挨着大难不死的妻，少了一只手臂，两人两手交握；另一个是马英九，他的热闹，其实是孤独，所开的车，没有“R”档。“某年某月的某一天，就像一张破碎的脸，难以开口说再见，就让一切走远。”龙突然之间泪流满面。“此时，七月七日晚上，这里有掌声和欢笑，而此时，一辈子被称为‘才子’的沈君山，一个人在加护病房里，一个人。”最后一句“有些事，只能一个做。有些关，只能一个人过。有些路啊，只能一个人走。”只是如此。龙应台写这些情绪的东西非常大气饱满，没有一丝矫情和无病呻吟，阅尽千帆过后的沧海桑田，只余下田陇上的脉脉斜阳。淡而忧伤，似乎更加忧伤。

她写《1964》，更是让我唏嘘。时光的隧道呼啸而过，缘于龙应台去参加小学同学会，五十六岁的她，想看看当年十二岁时的玩伴们变成了什么样。从十二岁到五十六岁，这中间发生了什么？这一段我几乎能背出来：“如果，在我们十二岁那一年，窗外同样有火红烧天的凤凰花，溪里照样是鱼戏水于潺潺之间，野蛇沿着热带常青藤缓慢爬行，然后趴到石块上晒太阳，如果我们有一个灵魂很老的人，坐在讲台上，用和煦平静的声音跟我们这么说：孩子们，今天十二岁的你们，在四十年之后，如果再度相聚，你们会发现，在你们五十个人之中，会有一对患难夫妻得了重度忧郁症，两个人因病或意外死亡，五个人还在为每天的温饱挣扎，三分之一的人觉得自己婚姻不很美满，一个会因而自杀，两个人患了癌症。你们之中，今天最聪明、最优秀的四个孩子，两个人会成为医生或工程师或商人，另外两个人会终其一生落魄而艰辛。所有其他的人，会经历结婚、生育、工作、退休，人生由淡淡的悲伤和淡淡的幸福组成，在小小的期待、偶尔的兴奋和沉默的失望中度过每一天，然后带着一种想说却又说不出的‘懂’，做最后的转身离开。”

人到中年，滋味万千，我认识的同学中有人因为疾病而早早离世，有人因为车祸而离世，有人离婚，有人生活很不如意，有人流落他乡，生活艰难……上有老，下有小，而平凡如我们，只能是在小小的期待和失望中度过每一天，真的如此。有一句话说，每个中年都是劫后余生。善待身边人吧。

另一篇我同样很喜欢的《共老》，是写她与兄弟们的事。三个人各自忙碌，都在各自的领域有所建树。突然某一天的一个空档，三个人约着去街心公园走走，漫无目的地走，看到一只浓郁深绿的野鹦鹉，正在啄一粒绿得发亮的杨桃。三个人，就那样立在树下，仰着头，屏息，安静，凝视许久，一直到野鹦鹉将杨桃吃完，吐了核，拍拍翅膀，“哗”一下飞走。“我们相视而笑，好像刚刚经过一个秘密的宗教仪式。是一个阳光温煦，微风徐徐的下午。我看见他们两鬓多了白发，因此他们想必也将我的日渐憔悴看在眼里。共老，一件多么好的事。”

她在飞机上看到一位颤颤巍巍的老人，想起了父亲，那时父亲已离世，她说，如果我陪他坐飞机，我会怎么做：“我会一路听他说话，不厌烦，我会固执地请他把他当年做宪兵队长的事迹完整地讲完，会敲问每一个细节——哪年？驻在镇江还是无锡还是杭州？我会问清每一个环节，我会拿出我的笔记本，用一种认真到不能再认真的态度，仿佛我在采访一个超强大国的国家元首，聚精会神地听他每一句话。”种种种种，只有失去以后，才会知晓，现实中，我们没有耐心听父母慢腾腾地说完一句话，常常心里想的就是自己的事，而他们的世界已离我们太遥远了。我一位朋友曾讲过，她妈妈去世后不久，她说她做一道家乡鱼时，想到打电话问妈妈，拿起电话时，才想到妈妈已经不在了。她说那时她不耐烦妈妈无休止的唠叨，不耐烦妈妈和第一次见面的人可以聊得那么开心，不耐烦妈妈一再说她瘦，把冰箱里塞满了菜，只是希望她多吃，而这一切一旦失去，就真的失去。某一天，她开车载着补习回家的儿子走在深南大道上，突然悲从中来，把车停在路边，趴在方向盘上恸哭，那个身后的已进入青春期的少年沉默了好久，问：“你怎么了？”她说，我想我妈妈了。她后来跟我说：“‘只要想起一生中后悔的事，梅花便落满了南山。’这是张枣的诗，经历了，才会痛彻。”

其实我不太有兴趣看写亲情的文章，因为很多人只是在那里自说自话，也许他打动了自己，但不能打动旁人。而龙的文章不同，她让你进入一种情境。还是要说文字功底，这个是一种天赋，情怀这种东西啊，有些人还真的没有。

平淡而近自然——柴静的《看见》

把柴静的《看见》列在这里，是因为大爱这本书。很多读书人也许不屑，认为主持人出书多半浅薄、纪实、零碎、拼凑，没有语言功底，但我得说，看是什么人。柴的语言功底相当不错。而且，难得的是，她身上有那么一股子纯净真诚的东西，这些决定了她的书相当耐看，这本书我几乎是一口气读完，读完后接着又细读第二遍，还有后来的第三遍，还做了读书笔记，我太喜欢她的文字感觉。写什么并不重要，干净、美、纯粹和悲悯，都是为文者该站的角度。

这本书我推荐给了很多朋友，业内的业外的，每个人读的角度都会不一样。后来，我送了一本给朋友的女儿，说："空时读读吧，会有所收获。对于大学生来说，读她是一种最好的励志，比那些狗血的励志书不知好多少信，至少它美，它让你看到了一种静悄悄的成长，这种成长对于一个女孩来说有多难得。任何时候，记得要真，要美，要笑，要成长。”

我随便摘录一段吧：“采访完满脸通红地走到荫凉里头，光脚踩在槐树下青砖地上冰镇着，从旁边深井里压一桶水上来，胳膊浸进捞一把出来洗脸，一激灵的清凉，那几年就是这种盛夏才有的干燥明亮，之前青春期湿答答的劲儿一扫而空。我按住手上的大馍一掰，热气一扑，长提一口气，一口下去，手都颤了，那一下，像是水里一抬头，换气一刹那看见自己。蹲在田地中间半垛窄土墙上，为爬墙脱了鞋，光脚上都是土。傍晚风暴快来时满天黑，只有长云的底部痛痛快快一抹鲜红……她的文字很鲜活，很接地气，又有通感，很难得，一种很实沉的文艺气。这个世道，一些文字要么实得让你恶心，要么，文艺得让你想吐，这种简净的实，就像站在田埂上吹风的感觉。很自然的舒适。

书中还有一些非常好的感悟：“往往大家认为拍弱点都要拍成高尚的，或者让人同情的。这只是某种‘政治正确’，实际上过了一座山，前面又一座山，再翻过，前面还是，等到了山脚，只见远处青山连绵不绝。”对了，就是这种感觉。她的话非常准确，生活中弱点就是弱点，痛苦就是痛苦，无所谓对错，或者让别人同情什么的，它只是一种真实的存在。连克服都难，只是一种呈现而已，评判是不对的。今年碰巧看了电影《了不起的盖茨比》，说实话，我不喜欢这种暴发户式的美片，但我深深记住了开场的第一句话：当你想评判别人时，请记住，他没有你那么幸运。每个人只是活在自己的出处里。你没有经历过别人的处境和扭曲，无法有同境心理，你只能是呈现。

我喜欢她写汶川震后采访的那段。如果写悲悯，看看她的文字吧。在我没看过柴静文章前，我碰巧看过关于汶川地震的那期新闻调查，叫《杨柳坪七日》，与一些歌功颂德、催泪悲情的新闻画面不同，静悄悄的，几乎没有主持人的身影，只是陪伴，默默地陪伴，而镜头只是在沉默中展开，似乎也在沉默。这个片断让我看到沉默背后的一些东西。地震过后，停水停电，杨柳坪满天星光，静寂空阔，烧着的炭火时不时迸出火花，主人发呆的背影，沉默喝酒的表情，失去孩子的女人忍了半天的眼泪还是掉了下来……后来，我看了《看见》这本书，知道了一些幕后。写这个片断时，柴静的文字非常清冷。“叶哥的家在一树梨花下，深山岭，花还开着。以前，我害怕‘不知道’这三个字，做节目前，没有一个策划案，一个主题方向，我就本能的不安，可这次我觉得，不知道就是不知道。我挺奇怪地想起一件无关的事，铁凝三十多岁时，见过一次冰心，冰心问她：姑娘，成家了没有。铁凝说，没有。‘嗯，不要找，要等。’”说来也巧，那次《南方周末》关于铁凝婚姻的报道我也看到这句话，很有感触，我把报纸都留下来了。“日子一天天过去，生活最终从片子里流淌出来。日子就像胡适所说的“平淡而近自然。”后来，她第二次回访杨柳坪，“我们下了车，雨下得又轻又细，深青的群山全被濡湿了，青草簌簌地拱动，梨花浅白，空气里都是水滴和鸟叫”。

她写已逝去的央视新闻人陈虻的文字，也是难得的好文。

“天色铁一样寒灰，酿着一场大雪。”写白岩松评价陈虻：“他是一个非常寂寞的人。”陈虻曾对她说：“不要堕落。”坚持写作很多年后，她依然按着陈虻的话去做一些事情，依然不妥协，她说：“我以为我失去了他，但是没有。”柴的文字很有感觉，干净利索。

说一句题外话，北京有一个有名的“老男人饭局圈”，在读库老六那一帮人中间，柴静是唯一的女人，她是真文青而不是愤青。而柴静的《看见》老六是第一个读者，他对文字的要求非常之高，常说要把文字收拾干净利索了，才对得住人。这一本《看见》，就相当干净利索。再提一句题外话，对语言的要求，看看读库《1100》，我要说它是一本关于文字的教科书。做不到好，至少要知道什么是好吧。中文的美感，也要依赖所有的人来拯救。

肆 夜色温柔

周末闲读记

之一。去本城最喜欢的一家书店，欧洲书房的模样，隔一段时间去，还是心动。这次，本打算去其他地方转转，可一看阳光下的桌椅，书房里的氛围，还是忍不住坐下来，喝杯咖啡，捧本书，好好享受这一刻的秋光。购书两本。

之二。读《众人受到召唤：敦煌》，很好的一本书，舍不得折一个印子，对敦煌的兴致是近两年一点点积累起来的，到了一个结点，隔着纸一看到壁画的色彩，就怦然心动，也像感受到了某种召唤。灶上煨着脊骨墨鱼藕汤，母亲送给我的土陶汤罐，用了很多年，香味幽幽弥漫。厚厚的一本书，慢慢看，零碎地心动。这是隐藏在生活深处的感恩。

之三。一本美食小册子，记录着日本岚山的各类汤豆腐店，令人心动。岚山，上次去日本匆匆而过的地方，很是遗憾。岚山水好，家家会做豆腐料理，很多小小的家族豆腐料理店，各种豆腐，连薄薄的豆腐皮，也可淋点手工酱油，做成小点；还有鲜美的豆汁，比牛奶还粘稠可口，当然，我最向往的还是汤豆腐，漫山红叶，初寒时节，一锅热腾腾的汤豆腐该是多么应景……岚山脚下一家老町屋料理店，很不起眼，器具却相当讲究。老板说，吧台是四十年前老父亲高价买下的，一整块桧木，越磨越光越好看，再用上几十年不成问题，而且越用价值会越高。他们家的共识是“最昂贵的不是当摆设的，而是用得最多的”。

之四。伴读。周末的下午和晚上，客厅里，孩子做作业，我则看看书，无意中的伴读。我坐沙发区，他用窗前的长桌，偶尔，我抬头看他，或者，他扭头看我，聊上几句闲话，中途，我削一只苹果给他吃，再给自己冲一杯咖啡……这样宁静的氛围常常让我很享受。

不喧哗的方式

个人物品

因为一双鞋我注意到了申敏。她对鞋特别爱惜。穿鞋代表了一种态度，看一个人，不是因为他们拥有的物质，而是他们对待物质的态度。很少人的鞋可以说话，她可以。

她的鞋不多，但每一双都给人神清气爽的感觉，看得出主人的爱惜。她每天回家第一件事是把鞋擦得干干净净，一到周末就给鞋打油上光，她的鞋像人一样很有精气神。

她有一双鞋穿了多年，发出暗哑光泽，她说好东西只要护理好，可以用很久，很多人穿鞋根本不懂爱护，当然经不起时间。她提到曾经见过一位英国老绅士，一件大衣穿了 20 年，他的奢华和品味都是隐藏的，一双鞋你穿它用它的态度往往决定了它的延伸品质。走路的姿势，花时间和心思去护理……

这个观点我相当认同。她请我参观过她的鞋柜，鞋并不多，但的确双双可圈可点，她的鞋很多是手工制作，样式相当普通，但很大方朴素得体。她说手工鞋的一个特点就是材料实在，不偷工减料，不抛光，保持原始的光泽度，很耐磨，所以，穿多少年都不是问题。

我发现了一个细节，她随身带着油光纸，走一段路停下来就会把鞋面擦拭干净，随时打理是她的一种习惯。东西是跟着时间一起成长的。我见过她的一双在家穿的无底鞋，连这样的鞋底，她都要打理，一问，穿了五年，像新的一样，每隔一段时间用软刷刷净，通风除尘。

一个人或者一个家，总要有一点不与时俱进的东西，一点不喧哗的东西，一点与标价无关的东西。它只属于你一个人。

榜样焦虑症

在微时代，信息大爆炸，各式新颖生活方式和形形色色榜样级的人物很容易地进入我们的视线，他们用自己的行为在告诉你：你也可以的。

阿倩就是我认识的积极向上的人，喜欢做的事就是随时给自己和孩子找榜样，并且看到好的都热血沸腾地开始学习、模仿。

有段时间，她的榜样是一位烘焙蛋糕的达人，达人在博客上发各种蛋糕制作过程的照片，摆出各种诱人的造型，大谈自己的家人和孩子如何吃得心满意足，她一下就成了阿倩的偶像。阿倩立马网购回烤箱、面粉、温度计以及各类工具，还把各种资料打印成册，准备大显身手一番，可是试了两回，失败之后，就提不起劲了，各式工具又束之高阁。不是每个人都有巧妇之手，有些事你就是做不好，没有原因。

去年，她给自己找的榜样就是一个利用业余假期自由行了很多国家的女人，她羡慕她的精彩，把她当榜样，列出想去的地方和路线，整天就是在各种计划中，被各路美景图片弄得神魂颠倒，好不容易下定决心订了机票去泰国，可是飞机晚点、睡眠不好、路遇小偷、餐厅被宰，种种不悦，让她几天时间人瘦了一圈，一点都没体会到所谓乐趣。她并不是一个适合旅途的人。

还有段时间，她的榜样又转移了，是一位网购达人，善于寻找各式海外代购店，买的东西又便宜又好。她也按照她的提示去找，可是每每总是买到水货，花钱又受累，还熬夜，眼睛严重受损，精神压力极大。一点乐趣都没有。便宜没捡着，赔了夫人又折兵。高手只是少数，这个东西还真学不来。做某件事有的人能找到乐趣，而对另一些人来说是受罪。

榜样给她带来的只是种种焦虑、种种嘈杂和干扰。

她的想法开始改变缘于一次朋友的聊天。这位朋友刚从美国回来，N 年前因为带孩子出国读书，辞了工作，付出了很多，当时只是因为出国潮，大家都把孩子往外送，她认为自己也有这个条件，也可以的。但事实远没有她想像的那么简单，国外好是好，但她始终没有融入进去，各种纠结和心酸，很难一一表述。

什么事情，标准只有一个，你是否适合？否则，再好都跟你无关。坚持做自己便好。在看似丰富的选择中，所该做的其实不是每件事都去尝试，而是要不停地删除多余的选择项。笃定的价值观多重要。

不行，就小点

“不行，就小点。”这是一位长辈对于慧说的话，长辈是一位在某个领域很有成就的人。于慧前段时间很焦虑，她对于慧这样说。

当时，于慧想开一家校园日式餐吧，理想的面积是60平米。但是租金高，她承受不了。放弃吧，心里实在不甘心。正在烦燥时，长辈对她说了这样的话。“如果你有想法，在20平米的空间，一样可以施展，只不过是小点，这不是问题。重点是，你想做成什么样。于是，她真的开了一家只有20平米的小铺子，除了吧台，只有两张散台。但是，正是这样的日式特色，显出了氛围，人气很旺，小铺子氛围好得难以想像。还一不小心成了一大特色，很多人来学习她的开店经验。看着每天围坐在吧台看她煮料理的客人那心满意足的脸，真让人无端感动。

这件事让她想明白了很多。她感觉现在住的房子大了，却根本就没有利用率，而且要承受不必要的压力，于是就换了一种思路：如果是这样，我把大房子换成70平米的两室一厅，然后用多余的钱每年带父母去旅行，是不是不一样？她真的按想法做了，换成了环境不错的两居室带阳台，很紧凑，丢掉了大多数平日利用率很低的东西，留下真正需要的东西，客厅兼作书房，有意外的效果。比以前闲置一间房，卫生不好打理，整个家空荡荡的格局好多了。小房子聚气，这是一位懂风水的老师对她说的话。孩子再大一点要住校，这房子对他们来说足够了。多出来的40万元，她把20万元存了定期，另外20万元制订了带父母旅行的计划，住好酒店，去想去的地方。在欧洲的古堡酒店，她给我发了信息：“其实实现梦想真的不难，不行，就小点。以后，对父母，我没什么遗憾。我把未来的钱花在自己和他们身上，至于孩子，他们有自己的未来，要自己负责。”

大多数人在追求快乐时上气不接下气，以至于与快乐擦肩而过。上气不接下气，怎么可能快乐。不行，就小点。那是你的空间，别人的空间很大，那是别人的能耐，不是你的。很多人没弄明白这点，他可以这样，我为什么不可以？他住那么大的房子，我为什么不可以？他做那么大的生意，我为什么不可以？你可以试试的，但不行就小点，在你的合理范围里，那是你能力所及。

一个我尊重的台湾友人，说自己常常这样过周末，做几样清淡可口的菜，手洗几件衣物，然后选一段老城区步行一小时，感觉很舒服很开心。

种种不喧哗，真好。

也曾心意沉沉

没有人不喜欢收到礼物。有时别人送得无心，我也接受得无心，无所谓，可能就会丢在车上，想都想不起来了。这是个心意模糊的年代，太多随意，缺少珍惜。

倒是无意中提起过，没想到被别人记起，下次无意中递到你手上的小东西，却是分外心意沉沉。

我曾听朋友偶尔说起她妈妈在老家做的泡菜，听着就好馋，无限向往。没想到，暑假过后，她从老家回来，就给我带了一罐泡姜，一罐她妈妈做的薯干，用铁盒装着。我当时就打开尝，感动得够呛。这是我收到的最可心的礼物，随意说说而已，没想到她留心了，下次见面时就带给你。礼物不值钱，但是有心就能被记住。

我的一位表姐，一次跟我一起吃饭，见我喜欢吃凤爪，当时只是笑笑。回到家乡后的一个月，做好一罐自己新鲜买料、过水、加泡椒的泡椒凤爪，用玻璃罐装着，托人带给我。那一段时间，正巧我情绪特别低落，这罐凤爪来得正是时候，我每天挖出一小盘，配白米饭吃，心情无端地好起来了，特别珍惜。有些礼物是送到心坎上的。送礼物的人是留心的。“人在气喘吁吁时，就格外渴望关爱。”没人会例外。

有段时间，正值秋冬换季，我头发掉得厉害，很不舒服，一次跟好友聊起，她说她也这样。第二天，我收到了同城快递：一包磨好的芝麻粉，她说芝麻是她妈妈炒好从老家寄来的，她打成了粉，给我一包。“土芝麻啊，你每天吃点，头发肯定掉得少些。”那个秋天，我每天吃一勺她送的芝麻，气色也好了很多。她不说你该吃什么，而是想到她能为我做什么。

受她的影响，我也曾用同城快递送过朋友一个礼物。那次，我也是无意中听到朋友说好想喝香港的白咖啡，内地买的都不正宗。有朋友去香港，正好给我带了白咖啡，我拿出一小盒，寄了同城快递，她收到咖啡时是下午，开心得不得了，冲了咖啡给我打电话，说：“我真没收到过这么贴心的礼物，好感动。今天我要开心死了。”

你无意，而别人留心，那才是真正关心你的人。

有一次一位朋友正处于一个低谷期，方方面面一筹莫展。我没有安慰她，只是第二天路过她单位收发室时，用信封装了一张影碟《香奈尔传奇》，她一直喜欢香奈尔。这部影片很好看，里面有很多经典的台词：男人配不上我们，我们是两串珍珠/她很漂亮，从来不哭/跟男人适度调情，这只是我学会的众多爱好之一/你永远不知会有什么在等着你，当幸运之神来敲门时，你一定是最漂亮的/我们要钻进一条裙子里，然后展翅高飞/失败固然苦闷，但维持原状更令人悲哀/我从来没有理智过，我讨厌这个词，它让我想到死亡/唯一该感谢的人是我自己……我感觉这部电影很适合她看，很励志。果然，她在晚上给我打来电话，说："你知道吗？我一边看电影一边记台词，情绪好多了，多大点事呢。"其实每个人的难关除了自己，没人能帮得上你，有时迈过一个坎只不过转念之间。这样的帮人无意之举效果好得多。

去年去海南前，我收到过一件吊带碎花长裙的礼物，送我礼物的朋友说："别感动，几十元而已，我买时顺便给你买了一条，知道你平时不穿鲜艳色彩，但是在海边照相，这样最出彩。"果不其然，我穿着这条吊带长裙在海边拍的照片，非常漂亮，实在太好看，忍不住放大了一张。这么贴心的礼物，只是我无意中说了一句：我下月要去海南了，不知带什么衣服好。

还收到过一次贴心的礼物，让我念念不忘。我准备在家里招待儿子的小朋友。但我这等厨艺，实在是拿不出手，说给朋友听。第二天，她就送给我一本宜家的小卡片，上面手写了家宴懒人法：买几个甜品，买几道熟食，头天晚上临睡前用自动炖锅煲一锅甜汤，当天做几道傻瓜菜，就是诸如可乐鸡翅这样的菜，操作简单，看上去又像大菜的。一页页翻过去，细节很清晰，我忍不住拍案叫绝。完全照搬过来，家宴真的被我搞定。这么贴心的小礼物我一直放着，偶尔炫技一下，真是妙极。

我记住的，别人记住的，都是这些无意留心之举，都不值钱，但令人温暖。

阿城的闲笔

阿城的《威尼斯日记》，是他在1992年5月、6月、7月这三个月，于威尼斯的流水笔记。如果这本算是旅行书的话，比很多旅行书好过许多倍，有明清笔记的范儿，懂留白，懂闲笔，懂点到为止。谈人谈事谈自己谈明清笔记，信手拈来。阿城说，人世间的无聊，常常只因为煞有介事。

比如他写威尼斯河道两岸的华丽楼房，“像表情过多的女人。好文章不必好句子连着好句子，要有傻句子笨句子似乎不通的句子，之后来的好句子才似乎不费力就好得不得了。人世也是如此，无时无刻聪明总叫人厌烦”。

他书中提到了明清笔记《教坊记》和《扬州画舫记》，一些片断的妙趣，令我也想找出此书来看看，他说古人最是闲笔好，令文章一一荡开来。荡开来的感觉是余味是补句，才有灵气。明清笔记类的书也看过一些，比如《陶庵梦忆》、《浮生六记》，都是很有意思的书。

他看小店、看博物馆，闲笔一荡接一荡，好看，留白。比如“这个店很小，楼梯上都摆的是书，有一个老人在角落里看书，游客们轰轰烈烈地从店前走过。”写看到一种绿瓶子，“异常可爱，烧制的时候在瓶子当中夹了一下，看过它就好像听到“哟”的一声，手工制品越来越少了。”看博物馆的雕像，说是饱满，有元气，正所谓酒神精神，说“因为头骨造型，意大利人的脸到老的时候，越来越清楚有力，中国人的脸越老越模糊，模糊得好的会转为一种气氛……”

写人，也是白描，并没多少形容词。提到诗人芒克，说到一个段子：“84 年，中国开始经济改革时，我和芒克去秦皇岛谈生意，以为可以赚点钱，芒克一到海边就脱了鞋去海滩上跑，玩了很久。芒克漂亮，有俄国人血统，我躺在沙滩上看着美诗人兴奋地跑来跑去，想，如果我们能赚到钱的话，可能是老天爷的糊涂。”写人会写闲笔。有意思。点到为止，没有火气。只是活生生、特点鲜明的个体。

还有关于语气。闲笔荡开，写到苏童。说他从阴影里走过来而几乎没有阴影的气息，如此饱满，有静气，令人讶异。他提到现在“暴力语言”无孔不入，说厨子身上总有厨房的味道，苏童却像电影里的厨师，没有厨房的味道。他的作品里有最为缺乏的宿命感。

写意大利人越晚越精神，他跟当地朋友一起买一只巨大西瓜，到了家里，摆开桌子，准备痛聊，将西瓜切好，刚吃了三四口，突然停电，于是在朦胧的月色下把下西瓜吃光。

提到意大利导演奥米的《木鞋树》的摄影“非常朴素，是凝视，中国电影摄影里只有台湾侯孝贤的电影是这样。内地的电影摄影有一种摄影腔”。这一如行文中的暴力语气和慷慨激昂。这令我想到李安曾说过一段话，大意如此：电影不是火气那么大的东西，非得表达个什么，而是这个东西原本就是在的，呈现出来给你看看。这是有质的区别。想想，现在的很多作品太过于血脉贲张，缺乏回味，也是此原因吧。

阿城提到与一位学文物修复的朋友，一起去到他们故乡，一个有旧日城墙的安静小城，在车站等公共汽车的时候，起风了，带来远处雨的味道。写乡村的土豆非常新鲜，“新鲜得好像自己的嘴不干净”。意大利朋友聊起每次回小城总在父母家呆着，很少碰到儿时的朋友。他闲笔一转，人世就是这样，会静静地突然想到忽略了极熟的东西。“他有一个朋友一天忽然说，好久没有吃醋了，当即到小铺里买了一瓶山西老陈醋，坐在街边喝，喝得眼泪流出来了。”这样的闲笔读读总是意味无穷。想到有一天夜里，一位朋友发短信，让我看看陈丹青写的一篇怀念恩师的文章，我细看完，下笔很淡，细节回味无穷。四月的夜。又想起他曾写的一篇怀念高仓健的文章，也是如此，闲笔很好，这是功力所在。

阿城谈起去意大利手工琴工作坊，看自己喜欢的阿玛蒂型的琴，因为它的造型古典，“底板凸出像古典绘画中女人的小腹，琴肩圆，小而丰满，音量不大但是纯静无火气”。闲笔荡开去，说到现在一些琴音有暴力倾向，我们听惯了，只感觉它们音量大，响亮，耳朵习惯了暴力，反而对温和的音色会莫名其妙……我也荡开一句，也许不美、粗暴的语言或是热血沸腾的东西看多了，对一些纯静无火气的东西反而无感了，看不出其中的静好和韵味，这也是极可怕的事。这世上的好东西看一眼少一眼，拥有与否并不重要，懂也是一种传承。看看好的东西、多分享真正有价值的东西是很有必要的。前两天，一位中年作家提到的几句闲话我特别认同：我现在不想去证明自己写的东西了，我只想证明自己有好眼光就够了，对好的东西不服气是不行的。要懂得为好东西高兴。的确，学会做一个欣赏者比较重要。

“整个手工业的衰落，很多人知觉越来越麻木，越来越需要刺激的量，对于质地反而隔膜了，辣椒会越吃越要更辣的，辣变成了意义，辣椒不重要了，于是才会崇拜合成之物，而无法欣赏天然妙趣。”

薄薄的一本书，很多闲笔，缤纷一路。“克雷莫纳的早晨很安静，钟声响亮，一只狗没有声音跑过广场，一个男人穿过广场的时候用手扶了一下帽子。”这种句子，能感觉到作者的乐感还有对美学的认知。音乐、绘画和文学以及一切艺术本是相通的，美是一种渗透和交融，而不是单一的静止。

闲笔一转，转到探访朋友的造酒坊、住地，“住处原来是谷仓，二楼成了工作室。屋顶开窗，光线泻下，一面墙是落地玻璃，可以看到酒坊里酿酒的机器，另外两面墙是巨大的手工制书架，与谷仓裸露的屋顶很协调，摆满了上千册书。巨大，古老，实用。”

最好玩的是这个谷仓有一个发奖会。有一千多人，发奖后大家跳舞。有总裁、工人、农民、艺术家，一个小城，葡萄收了，酒做好，大家狂欢。“发奖成了狂欢的借口，反而有贵气。有人有家可访，才是旅行的意义所在。”

“车开了，LUCA 招手告别，威尼斯一个小城的一分钟上下小站，下午阳光里 LUCA 的灰眼睛，青下巴。”

“下午开始刮风，圣马可广场那些接吻的人，风使他们像在诀别，游客在风里都显得很严肃。意大利的男女非常好看，腿修长有力，脖子精致，额头饱满，腰部微妙，像脸一样有表情。”

闲笔种种，没有景点描述，没有情绪抒发，没有小资的种种炫耀，自然而然，行文节制而沉淀，一眼到骨子里，戛然而止，好看得紧。真正有薄书读厚的感觉。

正好前前后后看了不相干的三本书：《无知的游历》、《走出非洲》，还有这本《威尼斯日记》，这三本并非是游记，但可以作为最好的游记去读。想到一个问题，好游记该如何写，纵观旅行类的书泛滥，无病呻吟，没有审美和必要的知识储备，写作者很薄很浅，这倒是个该深思的事情。

向快乐的人致敬

见多了活得愁眉苦脸的人，突然见到一个兴致勃勃的人，真的是要感谢上天了。

阿平一家人前不久去了趟广州，说起叔叔，她话不绝口，眉飞色舞。她说，我很少见到一个人总是对生活充满好奇，兴致勃勃，让你觉得不热爱生活都是罪过。

她说叔叔开车时，看到树，会开心地说，快看树啊，50 年的历史了，看看树干，啧啧，年轮啊……快看这条街道，原来是什么样子？有几个路边凉茶铺子，现在改成这样了，也很好玩的……一切在他眼里都新奇，虽然这条路他都走过几百上千遍了，还是有好奇，会看到每一丁点的变化。

有一次，他们一起走路时，叔叔突然钻进一个草丛，过了一会儿，捉出一只斑鸠来，逗得阿平的小孩哈哈大笑，开心极了。阿平说，跟他在一起，每分每秒都想笑。好轻松。

周日叔叔带他们去附近的小渔村，他几乎认识每一个村民，一路走过，开心地过去打招呼，看着他们把鲜鱼捞上来，自己动手做，像在自家一样。他说什么都需要现在进行时，现做现吃，才是天道人道。他讲起在某个海岛上，想吃椰子，服务生小伙子跳起来蹭噌几下爬到树上，摘下了椰子，这才过瘾。阿平吃着叔叔现场做的鱼，就是清蒸，什么佐料也不需要，味道已足够鲜美，叔叔说佐料都是为掩盖新鲜度的，好东西根本不需要佐料。

他带大家去吃粥，一个小铺子，他吃了十五年，是个很破旧的小摊点。他跟老板很熟悉，一张桌，咕咚咚煮着一罐粥，小粥煮得米和水没有间隙，粘稠养人滋润可口。似乎一锅粥里都有江湖，都有信任，都有生活的万千滋味。

阿平说，最感动的是他跟妻子总有说不完的话，喜欢逗她乐，结婚三十年的夫妻能这样，不是难得是根本难以想像。旁人只有唏嘘。他一到外面，就喜欢给妻子拍照，还下载了自动柔肤镜头和美白镜头，说是照出来最漂亮；他熟知什么角度可以把人照好看，不厌其烦地照，有时妻子说他，怎么像个老顽童？阿平开心地说，自己从来没照过那么多照片，那么多角度，没想到自己也能那么美。

阿姨说叔叔，20 分钟的路程他们可以走一个小时，因为总会出现状况，看树，看人，骂骂马路杀手，帮帮老人……有一次，看到一个农民拖着筐很累，他马上停下车让人上来，结果人家以为他打劫(他一米八的个头，身体黑壮)。他只得让阿姨去说，阿姨简直无可奈何。

还有一次更过瘾，几个人去海边玩，突然变天要下雨，他用木头和小摊上的布，为每个人现场做了一把遮头的小伞，小伞实在太小，能不能遮雨倒不是最重要的，最重要的是大家都开心极了。

还有一次，他从外面背回来一根烂木头，说是做根雕不错。果然，一个周末就在家忙乎，雕成了一个黑黝黝带胡须的根雕，简直成艺术品了。阿平说，暑假一个月她带着孩子住在叔叔家，嘴几乎都合不拢了，太开心了。他还会画素描，没事就画她孩子很逗很调皮的表情，活灵活现。

叔叔家的橱柜是一格格的，像中药柜，里面放着各种药材，做凉茶时随时备用。他家的早点十来样，都是做好一笼放冰箱里，随时可以吃，吃时还喝点小酒，真的是神仙日子。阿平和先生孩子呆在他家的那段时间，他上班时会打电话回来说："我早上路过菜场时发现了很新鲜的海鲜，让老板留着，晚上我烧给你们吃，等着啊。"回来就一头扎进厨房，谁都不让帮忙，清蒸、白灼、盐焗，清淡海鲜端上来，梅子酒端上来，一顿海鲜宴只花了半小时，他乐呵呵地看着大家吃，一点都没上了一天班的疲倦，两眼发光，他把做饭看作是一件很快乐的事。

生活在一个兴致勃勃的人身边，生活总是有滋有味的，而做一个兴致勃勃的人，更是悦己悦人，人生也就轻快多了。

什么令你怦然心动？

一位广州的朋友年前一段时间在为父母物色二手房，整天奔波在看房的途中。后来，她跟我说，你知道吗？我看房看出了门道，一进去就能感觉家里的气场。你知道我看哪里吗？阳台。一个把阳台打理得很好的家庭，生活一定充满了正能量，这样的房子是我想买的。我相信另外一种风水。她给我讲了几个关于房主的细节。

有一家，她提出去看阳台，女主人说，阳台啊，阳台没什么好看的，阳台就是堆杂物的。她走过去，还真是这样，好好的阳台成了杂物堆，报纸杂志、不用的柜子堆得满满当当，好好的阳台，成了一个只能晾衣服的过道，灰扑扑的。她说她禁不住仔细地打量了女主人的面相，三十来岁吧，房子所在小区的环境其实挺好，但里面怎么说呢，有一股子过期的味道，她很聪明，用了这个词，我马上明白是什么意思了。女主人的苍老和没精神写在脸上。她也没过多地逗留，这样的房子呆在里面感觉到压抑。

第二家，是一个离婚女人的房子，因为工作调动，想转卖。她进去，非常意外。这是个两室一厅，房间给人最大的感觉是很清简舒适。女主人不到40岁，皮肤很好，看起来很舒服，穿着家居服，手上拿着一本书，笑容满面。当她提出要看阳台时，女主人明显很开心，说你真聪明，我家阳台我最喜欢。这是四楼的房子，阳台只有2平米左右，很小。阳台外有两棵树，阳台上摆着一把很精巧的户外椅，放着一杯茶，大概是女主人刚刚坐过的地方。只有三盆草本植物，女主人笑着说，一周浇一次水就可以了。让她最感动的居然是阳台上还有一个小音箱，女主人笑着说，我喜欢待在阳台，所以这个小音箱是后来安在这儿的，真挺不错。朋友忍不住说，你这儿风水真好。女主人说房子小点，但我收拾得很干净，所以这房子还挺舒服的。后来，因为感觉投缘，女主人留她喝茶，两人聊了一个多小时。那个女人聊天中提到一位日本整理专家的话"只留下怦然心动的东西"，她说，现在对于生活中的东西和人的选择，她总能想到这句话，丢弃时只需要想一下：这件东西是不是足以令你怦然心动，如果答案是否，那么丢掉。仔细想想，的确是这样的，零乱多半是因为放了太多可有可无，几年用不到一次的东西，堆在那里，总想着哪一天会用，其实根本不会用。生活的空间都被可有可无的东西占住了。生活中的人和事都是如此，很多是鸡肋，这些看似鸡肋的东西浪费占用了你太多的空间、时间还有精力。她说目前她是单身，但状态好过以前的婚姻状态。友人最后虽然因为地段原因没买她的房子，但因为阳台结识了这个有趣的女人，接受了一个对她日后来说很有用的生活态度。

第三家本身也是个二手房。房子不新。女主人微笑着打量她，把她引到靠卧室的小阳台上，指着阳台外对她说：当初，我就是因为这片小树林而买了这套二手房。这个小区不起眼，房子也不起眼，但这片小树林很好，一年四季，都有风景。当时正是秋季，一眼望过去，树木错落，像是一座荒芜的小型公园。房子只是小两室，但胜在光线和小露台，这个小区也很不起眼，可是进到房内却完全别有洞天，南向的小露台足足有 20 平米，完全是借出来的景观。而且，女主人让露台完全无遮挡，除了吃饭用的木桌木椅，就是满眼的绿色。她欣赏起这个女人的眼光，选房子知道选房小阳台大的。稍作整理，懂得借景，房子里能量特别足。父母住在这样的房子里，身体才会很好。

女主人接着说，因为孩子上学，我们得搬房，不然真舍不得这里，我没事喜欢坐这儿。她打量了一下连接阳台的位置，摆着书柜和坐椅，倒真成了个阳光园景书房了。她不禁佩服起主人的眼光了。她很喜欢这个次二手房。

我的这位友人因为房子，看了很多家的阳台。最后选定的是这个旧二手房，她事后把稍作整理的房间图片发到网上，引来一片唏嘘声：这是哪里的房子，好漂亮，这就是我想要的房子。谁又知道这是个很旧的三手房子呢？她拍的是小露台上木桌椅的早餐，满眼绿色，早上的阳光晒到了桌面上，谁不羡慕？

日子是人过的。选择令你怦然心动的东西。这是她关于阳台和生活的结论。

她们不慌张

我所认识的能称得上大家闺秀的女人不多。但有几个印象很深，因为感觉有那么些不一样的骨子里的东西。

A　认识她，是偶然一次去上海出差，住在徐汇那边。她属于生活较优越的那类，在香港和国外都呆过，见多识广，平日写写小文，带带孩子。她非常准时，并且笑着跟我说，今天我正在想要不要去徐汇那边买些毛巾，就接到你的电话，而你正好在徐汇这边住，真好。她很随意地说，让人感觉自己很受欢迎的感觉。她带我顺路去很近的外贸毛巾铺："这家不错，毛巾密度高，我一段时间来一次，家里毛巾换得勤。"她熟门熟路地选了一打毛巾，还有浴巾，一大包，很心满意足的样子。我想起了章怡和写到的张良：生活非常讲究，某一次到她家来，看到卫生间里带破洞的毛巾，第二天不声不响地拎了一打毛巾来她家，很认真地对她母亲说："我家毛巾都是一周一换，不能用到硬了再换，毛巾这么便宜的东西，不要省事儿……。”那一次，我发现毛巾这样的小东西的确也可以改变心情。买完毛巾，她跟我聊着天儿就走到了一家开在老房子里的餐厅，她点了牛排，我点了海鲜饭，她说：这家东西很好吃。她吃饭的样子很好看，讲话是会停下手里的刀叉动作，认真地看着你的眼睛说。她熟知上海哪家老式面包房的面包好吃，她撕下本子上的纸给我画了草图，告诉我从我的住地怎么去？她去日本旅行，最喜欢逛的是日本旧书铺和唱片店，万里迢迢背回来的是市面上买不到的画册和书，价格还那么合理；她常煮的一款鸡汤，放白果一起炖，她说白果非常君子，一不混色，二不混味，煮成的白果鸡汤原色原香，而白果添的，是缠绵悱恻的柔糯跟滋补。她怕乱七八糟的东西，吃东西品相在第一位……她的某些段位实在很高，人是低调聪明之极。写过来的邮件漂漂亮亮，让她推荐的 CD，她委婉地写道：不知你觉得中岛美雪如何？她永远退一步说话，没有任何指教的意味。而在音乐方面，她的鉴赏力极高，经常是根据天气来变换唱片的，下雪的黄昏，她会换上老派评弹大师的苏州评弹，一唱三叹，煮一碗热腾腾的姜茶，开始下厨给家人备晚餐……她把孩子培养得极好，从小跟着她旅行，不怕吃苦，好的差的都能接受，没有怨言。她开玩笑说，很多人教孩子从小学会去抢去争，可是她的孩子不会这些，碰到抢座位的，只说：妈咪，我倒杯茶，你先坐一会儿，不急……现在已能在路上照顾她，拿着 *LONELY PLANET* 上推荐的餐厅带她去试，口味和鉴赏力，已被她彻底带出来了。

B 她的家境很殷实，对珠宝玉器和茶类都很有眼力劲儿，也喜欢这些，但她相当低调。有时我开玩笑，说比起她来，我是穷人，这倒是一句实话，但这并不妨碍我们成为朋友。她很会照顾别人。某一次和我一起结伴出行，她说分头行动效率高，她来订机票，让我订酒店。我最后订了一家不错的酒店，到那里，才知道她早是这家的会员，她当时不说，只是让我自由选自己喜欢的地方，她照顾我的喜好和对价格的选择而已。去看一个首饰设计师的东西，她每样都能说出名称和材质，让那位设计师简直是高山流水遇知音的感觉，恨不得与她拥抱，设计师说很多客人来买东西，什么也谈不出来，只是为买而买，根本不懂，设计师即使赚到钱也会寂寞，很少碰到真正懂的人。后来，她只买了一个小的戒指，价格倒不贵，出来后，她说，其实并不喜欢那个设计师的设计。我很意外：那你为什么买？她笑笑说："我的做事原则是，你好我好，在我的承受范围内，大家图个开心而已……"这句话让我印象很深，懂得为别人捧场，是非常难得的品质。这样的情形出现过几次，每到一个发自内心认真做事的小店铺，她在欣赏之余，总会顺手买点什么小东西，她有经济实力是一个方面，但很多人有钱，并不会注意这些小细节，她是对别人用心的尊重，这个尊重对做事的人有多大的鼓励，只可意会，不可言传。

C 她的父母都是名牌大学教授，相当有造诣，她是典型的书香门第大家闺秀，年轻时非常漂亮，没见本人前看的是照片，相当有灵气、温润的女子。文字也漂亮节制干净，字里行间有聪慧之气。她在日本待过多年，是随夫而去的，之前在国内有很好的工作，为了爱情去了一个陌生的国度，重新学习语言，在小吃店打工，在租住的小屋里和爱人幸福地结婚……我看过他们领证的那天在出租屋里拍的照片，笑得像一丛花儿……春暖花开的感觉。她重新开始读书，找工作，生孩子，中间的种种艰辛只有她自己知道。她说最对不住的是母亲，在她因为保胎需要在医院住几个月时，是她的母亲，一句语言不通，每天都要在医院和家之间来回跑……因为机缘，我们见过一次面，是在她回国以后。那是一次长聊，她说话真的是好听，逻辑清晰，表达清楚，永远望着你的眼微笑，从不抢话……把点的东西吃得干干净净。说起先生某次突然身体病变，等待结果的那几天，她瘦了好多斤，得知结果是良性时，她在医院门口抱住先生泣不成声。本来在日本那边混了上十年，已很有基础，语言也通了，工作也顺了，她那么聪明的人。但是要回来，因为先生要回国发展，她也想离父母近些……没有挣扎和丢不下，任何事顺其自然，就像当初不顾一切出去一样……没有挣扎。她说，女人一挣扎就很难看。

D　她很有女人味。她说她所有的美感来源于母亲，那个教会学校的老师，说话永远轻轻细细，从小就知道在她的白衬衣上缝上一朵小花与众不同。永远穿着灰色的毛衫面带微笑地坐在客厅的沙发上，对她说：慢点吃。慢点走。慢慢来……她现在性格这么从容，从不着急，都因为她有这样高贵美好的母亲，一个真正的大家闺秀。母亲去世很早，她说父亲现在不高兴时，她就笑着对朋友们说，你只要提到我母亲，他就有话说了，滔滔不绝。只有母亲能打开他的话匣。一个身体多病，寿命不长的母亲，却那样占据了父亲所有的记忆。她时常挂在嘴边的一个词是“美好”。她能把一块灰色的不起眼的布料设计成别致的旗袍，穿出一种与众不同的光芒；她会放下手中所有的事，穿起漂亮的小黑裙去郑重地听一场音乐会。她是真正把美融入到了生活中，我真的很少见到像她那样注重细节，点滴美好的女子，多年前，她托人给我带了个小礼物，是两盒淡灰色的眼影，像糖果，她自己画了张小图片，说：是眼影不是糖果哦……那份小礼物让我开心了好久；知道我喜欢喝咖啡，她快递咖啡时用一条漂亮的小围巾包裹咖啡，小小礼物，心意郑重。她发自内心地尊重赫本，因为赫本是真正能称得上优雅的女人，赫本说：“物质越多的时候，我想要的却越少，许多人想登陆月球，我却想多看看树。”

她听到了风暴——读《巨流河》

某个双休日，天阴阴，做完家事后，泡一杯热茶，坐在暖气片边读厚厚的《巨流河》。以致周一上班时，一位朋友跟我聊文稿的事，我有些抱歉地对她说：这两天在看一部人生长书，有些恍惚，不在状态。

对这本书，有一些感慨。

感慨一：民国的先生。

之一：朱光潜先生三个细节：

朱先生启蒙英诗，坚信好的文章一定要背。齐邦媛记录了这样一个细节："走下白塔街，经过湿漉漉的水西门，地上已有薄冰，每人手里捧着手抄的英诗课本，在背那首雪莱的《沮丧》"没有内在的平静，没有外在的宁谧"（No peace within no calm around）。细想想，这真是一幅动人的画面。多么浪漫的诗和时光。好的文章一定要背，如今看来也是对的。记得董桥先生说过这么一句话，他小时的家教很严，一些经典就是要死背死记，这是童子功，家长决不会姑且。功夫还是要下的，什么都随随便便，便没了规矩，也成不了气候。很多功底往往是无心的时候打下的。当时不知不觉，日后受益无穷。

朱先生在教那首《玛格丽特的悲苦》时，读到“若有人怜惜我，他们怜悯的是我，不是我的悲苦”，情绪不可自制，取下眼镜，双颊流下泪来……那时的老师，是全情投入，深爱自己教的课。齐邦媛因为他的引领，进入了一个奇妙的英文世界，终生爱恋英文诗的声韵。她这样写：“这里不再是一间教室，而是我和蓝天之间的一座密室。无漆的木桌椅之外，只有一块小黑板，四壁空荡到庄严的境界，像一些现代或反现代的STUDIO。心灵回荡似有乐音从四壁汇流而出。随着朱老师略带安徽腔的英文，引我们进入一个神奇的世界。”突然之间好羡慕，人这一生，遇到良师益友的机会并不多，很多的境界没有引领很难进去。如果在我年轻的时候有幸遇到这样的老师，那么我想我也能激起很多对英文的热爱。因为它是与美与境界相连的啊，这种美这种境界让人如此曼妙，隔着时空都被深深打动；甚至非常遗憾，因为不能读英文原版，少掉了多少与美丽之物相遇的机会啊。英文的文字节奏和韵律完全不一样，它有另一种美，而很多翻译就是少了这种美，变得机械而沉闷。如果有人用这种美来引导我学英文，我可能兴趣大得多。很多东西是因为感受到了美，感受到了本身的魅力，而才有深深的热爱。而老师，可能最需要开启美之门。

深秋时，齐和同学去朱老师家院子。地上铺着厚厚的落叶，同去的男同学想拿扫帚帮老师扫落叶，朱老师阻止了他：“我等了好久才有这么多落叶，晚上在书房看书，可以听见雨落下来，风卷起的声音，这记忆，比读许多秋天境界更为生动，深刻。”多好。我希望生命中时时有这样的师长，可以在情绪低落时，随时推门去坐坐，只是坐坐就好，可以听雨、烹茶。看他捋着胡须，穿着灰布衫，用他略带磁性的声音讲讲生命的意境，那该是一件多么幸福的事情。

之二：田德望老师，意大利文学博士。教授但丁的神曲。当时，这个偏门课只有齐邦媛一人选修。一个学生，照样开课，老师一样认真上。因为教室空荡荡，很冷，遂到老师家上课。隔屋就是师母哄小孩的声音。很有意思的是，每到下午五点钟，师母把小孩一把放到她手里，自己去扇炉子做饭了。一位同学曾这样描述当时的情景：看到齐坐在那里，手里抱个小孩，师母在扇炉子，老师仍在一个人陶醉地讲着《地狱篇》，十八层地狱不知是哪层的诗文。当时大家都狂笑。真有意思的画面，学的人可爱，教的人可爱，这样的场景更是可爱，再偏门，再人少，都要认认真真地教，还有烟火气伴奏。那时的先生，那时的学生，都很无目的，仅仅是因为是学问，要认真地教与学。敬畏学问而已。

之三：缪朗山老师。上课如上舞台。教俄国文学《奥勃洛莫夫》，这是有名的懒人书，写的是一个懒仆人，因为太懒，手和鞋底一样脏。老师讲到这里，当场把鞋脱下一只，放到手边对比。生动形象，令人身临其境。多喜欢那些把职业当舞台的人啊，举手投足，激情四溢，精气神饱饱的，目光如炬。台上台下，彼此喝彩，彼此情深。讲的人动情，听的人亦醉心。总记得木心先生的小课堂里有一句话：我只希望有一天你们走出这个课台，能目光如炬。这才是做学问和做人的道理啊。教学绝不是知识的生硬传授。

感慨二：男女之情。

《巨流河》里写到一段不是恋爱的恋爱，非常动人。齐邦媛与同校高年级师兄之间的一段交往。师兄叫俞君。俞君拉得一手动人的小提琴。他们坐划子过大渡河或岷江，到对岸堤坝走走，想想看啊，田野在脚下，峨嵋山隐约的轮廓，街边烤番薯和小麻饼的香味。俞君坐在堤岸上讲《圣经》四福音之同，诗篇为何不宜直接谱曲，在河边乡村小茶馆木桌上用茶水画《启示录》中七印封缄的层次……我的眼前晃动着这些画面，景入人中，人入景中，河风轻拂，有意思的说和听，层层涌动。还有一个最动人的细节。那一天，俞君带她到林中听鸟鸣。“一林中空地，四周大树环绕。我们在一棵大树桩上坐下，俞君开始轻声吹口哨，原有的鸟声全停，他继续吹口哨，突然四周树上众鸟齐鸣，如同问答，各有曲调，似乎一座悬挂的空中舞台，各种不知道名字的乐器，在试音、定调，嘹亮如千百只云雀、夜莺(那时她正在学习雪莱的《云雀之歌》和济慈的《夜莺》)……如上帝点醒我。在这四月正午的林中空地，遇到了我愿意喊万岁的天籁。”真动人啊。我深深被这一刻天籁所打动。这样清澈流动，静水流深的男女情谊，可以延伸到太远太远。那时如果可以叫爱情的话，真是动人，回忆里有声音有表情有画面，有清风流淌的气息，像深水潭里的桃花瓣静静流走，只留下令人惊讶的美。那是一个有动人恋爱的年代。爱似乎成了背景，并那么重要，而美妙无处不在，变成一种生命的养料。我一直很喜欢这样一句话，年轻是一种品质，一旦有了这种品质，就永远都不会失去。而经历过那样的年代，齐邦媛拥有了这样美丽的眼光和品质，爱情只是一种信仰吧。让你更加热爱生命。木心先生说：爱情是一门失传的学问。也许吧。

哈代有一句诗：她听到了风暴。那是一个特殊的年代，但谁说不是一个最幸福的时代呢，她拥有的这些丰富现代人是望尘莫及了。

独自吃饭

能享受独自吃饭的人常常让人侧目。常常很佩服独自认真用餐的人。因为一个人吃饭的机会并不多。

看过最有味道的一个独自用餐的镜头是在电影《母亲河》中，独居老太太，清瘦留髫，拎着篮子买菜回来，为自己炸一个面糊海鲜，炒一碟时蔬，倒一点白葡萄酒，然后很郑重地合起手，说我开动了。独酌，清简，清欢无限。午后，阳光投射到桌面上，静谧又自由自在。

芥川文学奖得主川上弘美的《老师的提包》一书中，也有这样的退休老师，穿得整整齐齐，一个人去居酒屋，点烤鱼、纳豆、清酒，慢慢喝，慢慢品，那是他的食堂。微醺出门，外面有微雨。

电影《深夜食堂》里，一个人去只有一条长吧台的食堂吃茶泡饭的女人，点新鲜白米饭，放上梅子，淋上滚热新茶，夜色深浓，暖心暖胃，那是一天的注脚。

越南美奈的海边。我一个人。海边 BBQ，我要的牛排、咖啡，非常鲜美。天色暗下来，海浪声一阵接过一阵，椰树下的灯影，异国他乡，这一顿饭是感观几重奏，非常美妙。

偶尔一个人在家吃晚餐，窗台上现摘下来的辣椒，一炒一焖，非常香。一碟蒸鸡蛋，蒸得恰到好处吹弹欲破，就很好吃。一个洗干净的西红柿当水果，一小碗白米饭，非常简单，非常好吃。我对吃要求不高，清爽可口不费力就好。

朱自清的《冬天》里写道："白煮豆腐，热腾腾的，水滋着，像好些鱼眼睛，一小块一小块豆腐养在里面，嫩而滑，仿佛反穿的白狐大衣，锅在洋炉子上，和炉子都熏得乌黑乌黑，越显出豆腐的白。"如果这时，一个人，一小锅豆腐，一碟自家红腐乳，一小壶温热的酒，晚来天欲雪，红泥小火炉的意境便出来了，很中式，很禅意。一个人也可以地老天荒。

现在单身的年轻人很幸福，婚前多半有自己的或是租住的小公寓房，一室一卫一厨，小小的，却五脏俱全，可以做一个人的餐食。不像我们那个年代，单身时基本就是和父母共住或是住没有厨房的单身宿舍，不可能像模像样地一人食。而现在懂得慢慢享用一个人晚餐的年轻人倒是不多见，很多是凑热闹去了。曾经很喜欢日本的绘本《一个住第五年》，这个叫高木直子的女孩很不简单，住在租来的六叠间(小公寓)里，经常一个人吃饭，虽简单省事倒也能有滋有味。她好像最享受泡澡，自己试验各种泡澡料，加辣椒、加樱花，古灵精怪，边泡边喝点酒，看点书，把马桶当泡澡时的茶几，视泡澡为人生第一等享受。起身煮一个小火锅，吃碗白米饭，喝点味噌汤，还把它画下来，很有烟火气，一人住一不小心成就了一个人气极佳的绘本作家。

我觉得年轻人都应该看看“一人食”的纪录片，一个人的“水煮鱼”，一个人的“清炖豆腐球”，一个人的“成都凉面”……它无关吃饭本身，而是一种对生活细节的审美和品味。这种品味任何年龄都不可或缺，当你懂得一个人吃正餐时，你才可能过得好多人的生活，才能在任何时候留有余地，能享受一个人的狂欢。能够享受孤独对年轻人来说是一种多么好的人生入门课。“一人食”的纪录片里，我看到了宁远参与的一个小片断——成都水煮鱼，她背着小小孩儿去买鱼，热油浇到花椒、辣椒、菠菜叶掩埋的薄鱼片上，很简单，却活色生香，热气腾腾。成都女孩，也许不能叫女孩，她已是两个孩子的母亲，她从当红的电视台主持人，大学老师，到放弃一切，开自己的设计工作室，亲手做衣服，做鞋子，她说，只有缝衣服时，她才快乐。人不要活得那么正确。这个世界，花是花，草是草，西红柿有西红柿的味道，活成自己的模样就好。这样的人，常常让我侧目。人生就如一顿简单的一人饭食。你做好自己时，一切并不遥远。

认识一个年轻女孩，一个人在异地城市工作，用积攒的薪水付了首付，买了一套市中心的小公寓，只有 30 平米，一房一迷你阳台，一厨一卫，没有任何多余，她除了床和书还有餐桌，没什么多余之物。家里很引人注意的是两只泡菜玻璃瓶，自己做酱萝卜和泡菜，作为佐餐小食。有时时间来不及，煮点白米饭，打碗鸡蛋汤，配点泡菜就很可口了。她说，这个泡菜做起来很简单，是做饭多年的人提供的食谱：新鲜白萝卜，切条，盐腌数小时，清水去盐味，沥干，蚝油、生抽、老抽、陈醋、蒜片、青辣椒或红辣椒，泡制一天，就可吃了；另外一种泡菜更简单，新鲜包菜去筋晾干，买回泡椒，用汁泡包菜，加生姜、蒜头，泡制三天，吃时淋麻油就可以了。现在可以选择的快餐真是太多了，但是它的丰富赶不上自家的一碗白饭，一碟黄瓜片，一碗番茄鸡蛋汤。最好还有一碟泡菜。

不管什么年龄，学会安安静静地独自用餐，你的生活质量一定比别人多点什么。

字里相逢

香港寸土寸金，书店门面很小，湾仔的天地图书亦不例外，延伸到地下和二楼，地下层卖中文书籍，地上层卖外文书籍和图册类书。小而美，没有丝毫压抑，放着轻缓爵士乐，店员只有三两个，都是中老年人，看上去待了很多年，书店气质非常明显。这里不像常规书店的大而全，倒有点像国外书店的少而精，书的卖相很好看，安安静静，不暄哗。港版的书有个特点，不像内地图书封面那么花哨和拼命吸引眼球，朴素、用纸很好，翻起来舒适，文字舒朗有致。总之，我在不到一小时的时间选到了好几本心爱的书，因为担心拎不动，最后只得割爱选了五本，都是厚厚的，竖排繁体，拎在手里，还是有些沉的。听说台湾的一位文化人每至香港，都把天地图书当作一个怀旧地，来买几册书缱怀自己的心绪。

走几步坐叮叮车去中环天星码头吧。香港的叮叮车不可不坐，很怀旧，很花样年华。可以经过湾仔、中环，一直到上环，不是手上拎着书，我可能会到上环晃一晃药材铺子和老茶店，那一带的路面窄，药材老铺云集，最能体验旧香港的风情。有一位对香港街巷品位不俗的朋友，最喜欢晃上环的中药铺子，每次到港，不像一些女人狂买衣物，她什么都不买，唯不忘买些上好的银耳和中药材回去煲碗靓汤犒劳自己和家人……当然，叮叮车坐到上环，随便找家老茶楼坐下来饮杯滚热的奶茶或是浓茶，吃几方古老的港式点心，听听旧式港人的闲话腔调，几十元钱，消磨半个下午也是她的最爱，沧桑旧梦都付于一杯滚茶里了。

我拎着书，坐叮叮车从中环银行街下车，步行去天星码头，搭天星小轮，两元五角，可以从中环到尖沙嘴，十分钟左右。然后去码头附近的洲际喝杯咖啡。很喜欢这家的大堂，无遮挡的落地玻璃外来来往往的船只和对岸的中环摩天大楼、背山，整个视觉和感观非常香港。现在对待旅行，我倒不在意去什么景点，体验对我来说最重要。这个体验有时是不动的旅行，边喝咖啡，边看买来的书，董桥的《字里相逢》，牛津大学出版社的版本，装帧太漂亮，书名和版式，清雅节制有度。董桥的书看那么两三本就好，这本买来因为是他的一些读书笔录，设计别致。其中有一则是这样的："苏东坡的《记承天寺夜游》：'元丰六年十月十二日夜，解衣欲睡，月色入户，欣然起行。念无与为乐者，遂至承天寺寻张怀民。怀民亦未寝，相与步于中庭。庭下如积水空明，水中藻荇交横，盖竹柏影也。何夜无月？何处无竹柏？但少闲人如吾两人者耳。'乃苏东坡四十八岁之作，以八十多字记月下与友人同游之美感经验。林文月说无字虚设，景心澄明，如水如月，平静祥和。四十三年前，余在新界山乡访故友老穆，天色近晚，四野沉静，老穆正诵东坡此名篇，命我全文正楷录一遍，抄毕赏我猪脚面一碗，清酒一壶。"书页简静，一面繁体竖排，一面是淡淡画页上的素净书法体。咖啡香浓，视线外维多利亚港的船只往来穿梭，像是一个动态的画框，夕阳西下，阳光散落在书页上，海面碎金般的波动，感观交织，如同盛宴……我想旅行购物从来与我无缘，包括香港别人定义的购物天堂，我更愿意把钱花在体验上，体验一种意境和美好。

慢慢散步，够了

有一次，我看到蒋勋《生活十讲》里的一段话：“有的人，对于自己所拥有的东西，是一种充满而富足的感觉，他可能看到别人有而自己没有的东西，会觉得羡慕、敬佩，进而欢喜赞叹，但他回过头来还是很安分地做自己。他不会觉得赚的钱少就是不好，或是比别人低贱，也不会一窝蜂地模仿别人、复制别人的经验。在巴黎从来不会同时出现四千多家蛋挞店，这是不可能会发生的事。可是，你会在城市的某一个小角落，闻到一股很特别的香味，是咖啡店主人自己调出来的味道。二十年前，你在那里喝咖啡，二十年后，你还是会在那里喝咖啡，看着店主人慢慢变老，却还是很快乐地在那里调制咖啡。我觉得每一次重回巴黎最大的快乐，就是可以找回这么多人的自信。每一个角落里都有一个人的自信，而且安安静静的，不想去惊扰别人似的。譬如冰淇淋店里的老板，他卖没有牛奶的冰淇淋，几十年来店门前总是大排长龙。但他永远不会想说多开几家分店。他好像有一种‘够了’的感觉，那个‘够了’是一种很难的哲学：我就是做这件事情，很开心，每一个吃到我冰淇淋的人也都很快乐，所以，够了。”

这段话真的让我太认同了。太对了，很多情境下我们都是“不够不够”，好了要更好，多了要更多，永不满足，再来一点，还有更好的。大家都要得太多了，工作不满足，每天怨气冲天，根本谈不上快乐工作。而我喜欢一个名词——“隐形福利”。

单位离东湖不远，步行过去，五分钟，好像是单位的后花园。每天中午两个多小时的休息，我的时间几乎都在泡在那里了，有一条林荫大道直通向公园侧门，走进去，有一片茂密的香樟树林，静下来，香樟清洁的气味满目流淌。那一条湖边的路，我给它命名“黄金小道”，因为总是阳光温暖，岁月静好。

穿行在香樟林中，慢跑二十分钟，深呼吸，散步，练几个瑜伽动作，一小时很快过去，由于大脑吸足了氧气，一点都不觉得累。春夏秋冬，除非下大雨，我是一直坚持前往的。在这里，身心双重调节：工作上的压力，人事关系的纷繁复杂，颈椎的不适，身体久坐的僵硬，都是可以调节的。我很喜欢梭罗的《瓦尔登湖》，其实每个人身边都可以找到属于你的瓦尔登湖。

春天，看到柳树发芽；夏天，荷花竞相开放，荷香清冽；秋天，树叶转黄，秋色深浓；冬天，阳光下另有一番苍凉；下着小雨的日子，树林里闻得见泥土和松针的气息。心静下了。

因为这一块地方，我享受了工作之外的最大福利，而且它是免费的。但是即便这样，很多人宁可中午待在办公室里，也不愿多走一步。很多人还在抱怨压力待遇和人际关系，这一切我当然也会有，或者更多，但是可以慢慢屏蔽掉，不会去抱怨。日本人喜欢说“一期一会”，真的是这样，每一个当下都是唯一。

我听到要好的老同学抱怨时，总是提醒别人：你发现了你身边的隐形福利吗？它或者是你单位附近一个漂亮的街心公园，或者是离你上班三步之遥的一个温暖咖啡馆，或者只是可以躺着晒太阳看书的一个小转角……它是免费的。只是它们常常空无一人，你们觉得不够，你们去忙着找别的东西去了。

高晓松说：我经常被生活打败，但我还时不时给上它几脚。他不买房，租房游世界。这就是一种够了。你不够，你要买好房，一套不够，还要两套三套，留在那里还没有安全感，你还很不快乐，很焦虑，不知要什么才会够。

很多纠结，细想想，大多数只是源于永远不够。

读书

饱满的孤独

好的阅读如茫茫大雪覆盖——曹雪芹的《红楼梦》

《红楼梦》我读过多遍。印象最深的一个与《红楼梦》有关的场景，是很多年前的乡间小院，奶奶的老屋院落，盛夏，栀子花开，隐约香气流转，院子里两张老竹床，一张上放着盆子装的柴火粥和几碟菜园现摘现炒的小菜，一盘是辣椒茄丝，小时候我吃茄子，但现在茄子早已失了味，我再也不爱吃……我躺在另一张竹床上看《红楼梦》，那是我第一次看《红楼梦》，居然有了原始的兴趣，大概我与文学还算有某种缘分吧，我属于晚熟的人，很多书都读得晚，但《红楼梦》一知半解地读得还不算晚……表姐坐在一边，跟我有一搭没一搭地说闲话，那时彩霞满天，奶奶还算年轻，而今她早已故去……老家也已成了一个回忆。

《红楼梦》，开启了白话文的先锋，每每觉得自己语言无味，面目可憎时，我就把《红楼梦》翻出来读读，某些程度上，它缓解了我内心很多浮躁的东西，说不清是什么。我读书不作什么研究，完全凭感觉，《红楼梦》的语感非常好，用词清简有余味。这个余味特别重要。

曹雪芹精通韵律、古典诗词，对美食、衣物、器具、建筑，以及小到风筝之类的手作都有研究，熟悉大户人家生活的场景，读红楼，可以读到不同侧面。比如，很年轻的时候，我浅薄地只读到爱情，经历一些世事以后，开始看到性格和命运之类的东西，对人生的聚散起落唏嘘感悟，再读时，我看到了中国古代的生活画面，一道茄子都可以如此讲究：《红楼梦》第四十一回，凤姐奉贾母之命，夹了些茄鲞给刘姥姥吃，刘姥姥吃了说："别哄我，茄子跑出这味儿来，我们也不用种粮食了，只种茄子了。"凤姐向刘姥姥讲解说："才摘下来的茄子把皮去了，只要净肉，切成碎丁子，用鸡油炸了，再用鸡脯子肉并香菌、新笋、蘑菇、五香腐干、各色干果子，俱切成丁子，用鸡汤煨干，将香油一收，外加糟油一拌，盛在瓷罐子里封严，要吃时拿出来，用炒的鸡瓜一拌就是。"我不擅做菜，但喜欢这种精致，对花心思的东西都有浓厚的兴趣。讲究和将就真是天差地别。

《红楼梦》第七回写薛宝钗的冷香丸也令我印象深刻：将白牡丹花、白荷花、白芙蓉花、白梅花花蕊各十二两研末，并用同年雨水节令的雨、白露节令的露、霜降节令的霜、小雪节令的雪各十二钱加蜂蜜、白糖等调和，制作成龙眼大丸药，放入器皿中埋于花树根下。发病时，用黄柏十二分煎汤送服一丸即可。可就在一个巧字。"时令节气，顺应天时，古人的生活是非常讲究天地万物，乾坤流转，阴阳平衡的。一枚冷香丸，药理、节气、融合、润物都有了。

妙玉的茶也让我兴趣盎然。黛玉问："这也是旧年的雨水?"妙玉冷笑道："你这么个人，竟是大俗人，连水也尝不出来！这是五年前我在玄墓蟠香寺住着，收的梅花上的雪，统共得了那一鬼脸青的花瓮一瓮，总舍不得吃，埋在地下，今年夏天才开了。我只吃过一回，这是第二回了。你怎么尝不出来，隔年的雨水，那有这样清醇?"对于水，我们是无力讲究了。不过，去年春天，我去景德镇旅行，路遇几个人在一泉眼边接山泉水，正好车上有空桶，也下去打了一小桶，回家煮稀饭、磨豆浆、冲咖啡，的确感觉不一样，连速融咖啡冲泡出来都非常好喝。山泉有丝丝清甜回甘，没有自来水的凝涩感，很润很滑。跟活的文字如出一辙。

一个下雪的冬日午后，我靠在暖气片边看《红楼梦》，上海古籍版的手感很好，窗外白茫茫一片，好的阅读如茫茫大雪覆盖。找不到好书读时，我就读《红楼梦》，读烂书百本不如读好书一本，反复读就好，常读常新，滋味绵延。

做不到如此好，也要知道什么是好。谈讲究，中国古代的人才是真正的讲究，骨子里的奢华。

曹雪芹还是色彩专家、服装大师：绿色有葱绿、水绿、豆绿、翡翠、秋香绿、灰绿；青色有莲青、藕合、玫瑰紫……关于香云纱，讲了好多，这个面料我是在《红楼梦》里才了解到的。请看王熙凤出场时的妆扮：身上穿着缕金百蝶穿花大红洋缎窄褙袄，外罩五彩刻丝石青银鼠褂，下着翡翠撒花洋绉裙……研究明代器物服饰的人通读《红楼梦》一定大有裨益。那一抹轻拢慢捻的绿让我心动不已。他是天生的时装设计师，都不用学的，一个人的审美是天生的，学都学不来的。

有时想想，一个民族的审美是多么重要，有了这一点，你不会老觉得别人好，自己不好。你看待事物的眼光才会不一样。审美是熏染出来的，所谓的耳濡目染，我们有这么优秀的传统美学，为什么一点点的失去，而把西方的一些东西学得四不像，真正是可惜的事。

王小波说，我们要学会诗意地生活。这种诗意不是风花雪月，而是发自内心的一种热爱。我喜欢《红楼梦》里写大雪天，烧得旺旺的火盆，行酒令吟诗作画；秋高气爽月圆之夜，把炉火放到户外去温酒吃蟹赏月，炉火哔剥，微凉的月，空气中温良敦厚的气息，那一个个清秀美丽的红楼梦中人……

有一个中秋节的晚上，兴之所致，与家人上武大樱园顶去赏月，月上中天，看到一家人带着野餐布，在顶层铺开来，摆上红酒、小食，大人孩子隆重地赏月。无需花多少钱，你的快乐便与众不同。还有一位友人，特别讲究蟹醋，为了这碟吃蟹的醋，她都要提前一夜，“拣上等镇江陈醋，切许多的姜下去，老姜一半嫩姜一半，微微火，煨上半个钟头，再落冰糖，继续小煎小熬，最后熬成了，滴几滴十年陈的花雕进去，然后静置一夜”，她说“这样的蟹醋，滋味柔和深邃，繁复绵长，陪衬蟹的鲜洁细致，最是得体。”这位兰心蕙质的友人，真真是隆重地对待一口醋。我喜欢看到这种与钱无关的讲究，它只需要时间和耐心。

木心先生有一句话说得好：《红楼梦》里的诗词像水草，放在水里好看。细细想想，真是如此。

张岱的短——张岱的《陶庵梦忆》

我读明清小品，是从张岱的《陶庵梦忆》开始的，人很可能因为一本书而喜欢上某个时期的作品，我对明清小品类的偏爱始于这本书。我很庆幸在比较早的时候遇到了这本书，这本书对我以后的阅读有一定的影响力。看了这本书，才知道文字还可以写得如此简洁大美。如果说生活的格调，那个时期的人比我们不知高过多少。生活，有许多其实是在倒退。所谓创新，其实早就有之。高科技方面是大大进步了，但生活方面，我们不知退到了哪一步。

我首先羡慕的是张岱的书房。“不二斋，高梧三丈，翠樾千重，墙西稍空，腊梅补之，但有绿天，暑气不到。后窗墙高于槛，方竹数竿，潇潇洒洒，郑子昭‘满耳秋声’横披一幅。余于左设石床竹几，帷之纱幕，以障蚊虻；绿暗侵纱，照面成碧。夏日，建兰、茉莉，香泽浸人，沁入衣裾……冬则梧叶落，腊梅开，暖日晒窗……余解衣盘礴，寒暑未尝轻出，思之如在隔世。”如今的书房，只有书，没有这样的四面景观，室内室外无法浑然一体。我偏爱拿一本书，抬眼便是满目葱郁，冬天飘雪，屋内一炉炭火，春天，梨花伸到窗前，这样的场景只在丰子恺的画中去想象了。而张岱的书房，绿纱可以照面成碧，花香入室。那时候的读书人真幸福，声色味皆入书中来。

最有名的要属书中这首《湖心亭看雪》：崇祯五年十二月，余住西湖。大雪三日，湖中人鸟声俱绝。是日更定矣，余拏一小舟，拥毳衣炉火，独往湖心亭看雪。雾凇沆砀，天与云与山与水，上下一白。湖上影子，惟长堤一痕、湖心亭一点、与余舟一芥，舟中人两三粒而已。到亭上，有两人铺毡对坐，一童子烧酒，炉正沸。见余大喜，曰：“湖中焉得更有此人！”拉余同饮。余强饮三大白而别。问其姓氏，是金陵人，客此。及下船，舟子喃喃曰：“莫说相公痴，更有痴似相公者！”

我认为这是写西湖最好的文章，素描几笔，风情跃然纸上，对一个地方的深入了解，只需几笔就可看出精华，这是笔力所在，现在写游记的文章很多，大多只有语言没有灵魂。没有灵魂的文字是可怕的，因为你只看到信息，信息就是信息，文章之所以为文章，因为它有情绪的传达。很多畅销旅行书读完后，只觉得厌烦。因为只向你展示了他们到过什么地方，如何去，至于那个地方的感觉，没有。张岱如果活在当今，不知高出多少倍。香港的才子颇得明清的风味，比如黄霑写新西兰，写得极到位，语言干净和灵魂表达真的太重要了，忍不住摘录了下来：

“因为从前的广告工作，去过新西兰多次，南岛北岛，全游遍了。新西兰真是世外桃源，风景优美之极。而且游人稀少，另有种别地少有的宁谧。因为新西兰是岛国，既有山峦之胜，又有汪洋在前，山山水水，美不胜收。首都威灵顿，面对东方湾，我住在山上的酒店，露台对正港湾，真是群鸥日日来。大白海鸥，天天在露台外飞，委实令人有出尘之想。世界第三大瀑布就在新国北岛，远看白水如练，千丈而下。直升机飞进深谷，谷中大小飞瀑，多得数也数不清。新西兰人少，因此没有什么污染，山林秀丽而罕人迹。南岛有小城 Christchurch，很像英国剑桥。不过，山水虽美，但娱乐严重欠缺，所以生活纯朴得很有点闷。我有次一住三星期，最后闷得发慌，工作一完，急急回港。”

不足几百字，就够了。写活新西兰，原来只要几句就好。我没去过新西兰，但对这个地方的精髓却一下就了解了。

张岱写人，也是极佳，人物性格极其鲜明，生猛鲜活。现如今，写人物都有气无力的，很无趣。这也是我读张岱的兴趣所在。他的《柳敬亭说书》：“柳麻子貌奇丑，然其口角波俏，眼目流利，衣服恬静”，柳麻子说书说到武松，他是这样写的：“武松到店沽酒，店内无人，蓦地一吼，店中空缸空甓皆瓮瓮有声。”哇，真的耳边瓮瓮作响，让我如临现场。这样一个奇丑的人，说起书来却鲜活泼辣。民国年间的小孩子也是幸福的，随便哪个长辈都可以说书，常常在夏夜，月挂天边时，屋门口桌椅茶水一摆，四方邻居围拢来，就说上了。那时的民间，是活教材。月色，人面，山河岁月，田埂地头，有声有色。有如炊烟袅袅，岂是我们现如今所能比的。现在能打动人的作品不多，不接地气，这也是原因之一。

人无癖不可与交，以其无深情也，人无疵不可与交，以其无真气也。张岱写的爱兰人范与兰也相当有特色，他把范与兰的兰花拿了一盆回来："余强借斋头三月，枯其垂一干，余懊惜，急舁归与兰。与兰惊惶无措，煮参汁浇灌，日夜摩之不置，一月后枯干复活。"爱到这种程度，真是痴啊，现如今，少了痴人，做事不痴迷，所以所做的事只能做七分，蜻蜓点水，不会达到绝妙的境地。所谓妙意无限，这种妙意只能神会，有痴才会有神会。

每每蟹季，我最爱张岱的《蟹会》，那才叫"会"。看看搭配的阵容吧："一到十月，余与友人兄弟辈立蟹会，期于午后至，煮蟹食之，人六只，恐冷腥，迭番煮之。从以肥腊鸭、牛乳酪。醉蚶如琥珀，以鸭汁煮白菜如玉版。果蓏以谢橘、以风栗、以风菱。饮以玉壶冰，蔬以兵坑笋，饭以新余杭白，漱以兰雪茶。由今思之，真如天厨仙供，酒醉饭饱，惭愧惭愧。"好东西好境遇，实在是可以让人惭愧的。懂的人才能惜物，物归于他们才是归顺，现在动辄上千一桌的饭，只能叫局，根本不叫会。一饭一蔬，唯有敬畏，才能流传。

向生活家张岱致敬。

通火的炉火与纯青的炉火是谈不投机的。这又是聪明的木心先生说的。我觉得用来说张岱是极适合的，他是纯青的炉火，而如今，通火的炉火是很多的。我也是为文之人，笔力比起老前辈，实在惭愧惭愧。

目光如炬——《木心文学回忆录》

说到木心，我真正喜欢的倒是陈丹青整理他的两本厚厚的讲课笔记《木心文学回忆录》。木心先生是中文很好的运用者，用词用到了出神入化的程度。

因为这本书，我开始觉得记读书笔记是件非常有趣的事。有时，人真是很奇怪的，你认为自己已放弃了某件东西，但又有一个契机让你热情地捡起来。有时，我们害怕自己失去热情，原来只是没遇到能激起你热情的人或事而已。我把这两本书认真读了三遍，做了厚厚的读书笔记。我清晰地记得那个四月的雨天，我坐在窗前，听马友友大提琴，读木心，一遍又一遍。感受着某种奇妙的馈赠。窗外风雨琳琅，漫山遍野都是今天。都是今天。

木心先生是个通透的人。他最后选择回到家乡乌镇，直到终老。我对他晚年的生活非常好奇，他怎样在那个江南小镇里度过他最后的时光？乌镇的小桥流水可能入他的梦境？千秋万岁名，寂寞身后事。他是个寂寞的人吗?

我曾经因为一部《似水流年》去过乌镇，迷恋那个小镇旧书馆的模样，阳光透过老屋的雕花窗棂，空气中浮起细碎的尘埃，老书潮湿的气息，我一直都记得。也许，能耐得住寂寞的人才最终能获得某种释然。

某些书，不能说有多好多有意义，而是它勾起了你的某种热爱；也暂且不论你读多少书，能够把中文书读通也算是一种不错的选择，人是各有性情的，有些人深受西方文学的影响，而我，没很多机会深入到西方文化去，对外国的语言环境没有深刻的体验，加上很怕翻译的晦涩，我倒是更容易被本土文字的美感所打动。

木心这样对“上课”的学生说，希望你们多读一些好书，这样诸位与我分开后，仍能目光如炬。这个“目光如炬”真的很好。人最先开始老去的就是眼睛，但有些人，即使年老，眼睛仍然没有浑浊，仍然有光泽，所以，永远不会显得难看。某天，与一位朋友聊天，她提到身边一位很喜读书的“高人”，已五十多岁了，“他的眼睛还很亮，气场真足”，那一天，我们聊天得出的结论是“为了一双明亮的眼睛而努力”。

木心先生说到：“每个人都记得一点唐诗宋词，我经常临睡前背背，就睡着了。”真是风雅性感。

他提到《西厢记》的好，“张生初见莺莺：我和她乍相逢，记不真娇模样，我则索手抵着牙儿慢慢的想”。说到《西厢记》里情爱的细节描写，大胆而精致，仍然守得住诗意。木心先生的话让我想起《牡丹亭》的唱词，中国古文字真的很鲜活，两性描写其实不知高过现代人多少。但一点都不觉得艳俗，相反有水上露珠的新鲜和灵动。很多时候，我们的文字在慢慢丧失一种鲜活和生命力，过于概念化了。木心先生总在强调看源头读物，真的是很有必要。

碰巧看到木心先生讲到汤显祖的唱词，“他的唱词中常有很难唱的句子，别人都得改了才能上口。他很怒，说：我写的东西，不妨将天下人的嗓子拗折。很霸道，很可爱。任性，要看任什么性，伟大的性，要任，大任特任。”真是有劲道……但觉语言无味，面目可憎时，不妨读读这些唱本，真是如饮甘泉，眼明耳聪起来。这也是我理解木心先生说的源头读物吧。想起曾经为了一场园林版《牡丹亭》演出，我千里迢迢奔去江南小镇，真正是“不入园林，怎知春色如许”？也许像木心先生说的，某些时候，任性，大任特任。

他说，从前人文教养很正常。记得他这样提到施耐庵，“风雪夜，听我说书者五六人，阴雨，七八人，风和日丽，十人，我读，众人听，都高兴，别无他想”。他说施耐庵性格里有一点点巴尔扎克——写起来兴致勃勃。这样的风雪夜，说书，听书，想来都是高兴的。简单，温暖，别无他。无端想起陈丹青曾说过这么一段话，应该也称得上延伸吧：“我们不会开 PARTY，已经有 PARTY 了，不会开；已经有时尚了，不会穿，已经有交际场了，不会交际。为什么生活方式失忆了，混乱了？那时候的人，开PARTY，可以看看画，交换一下想法，吃点花生，谈谈诗书……PARTY是考验语言、风度、教养、性情的场合，得会说话，得会听，很紧凑，很放松，很在意，很不在意。现在一些豪华PARTY，有靓衣，有侍者，有音乐，有美酒，都有了，只是来PARTY的人不太对。说话的艺术呢，听的艺术呢？教养和天性呢？就是简单的欲望，虚荣心。一点都不好玩。”的确，这是一个远离诗酒花的年代，热闹得有些面具了。

很多个夜晚，不妨可以这样过，外面风雨琳琅，窗内灯光温和，煮一小锅小米粥，粘稠滚烫，加几粒红枣或枸杞，用素白瓷碗盛着，边吃边读一本闲书。宁静该是家里最好的背景吧。

木心提到《金瓶梅》，有一段特别精彩的描述：“《金瓶梅》对妇女性格的刻画，极为深细，近乎现代的所谓心理小说。‘性’通常是器官在活动，没有人，《金瓶梅》不然，器官在身上，还是写成了人。几乎是性的陀思妥耶夫斯基。”这算得上一种通感吗？看书看透彻了，才会有这样的语言方式。

还有更有趣的：“从前的媒婆，不得了，我亲自见过……匆匆来去，走以后，空气都变了，打扮得干干净净，头发梳得得一丝不乱，‘烟是好久不抽了，一会儿拿起一支烟——喔哟，忘了忘了’。”生动，民间，活泼。很久不见这样的场景了。想起一位文人的话：“常常会这样，写一件小事，必须折射出大处什么玩意儿来；写三天，要折射出整个年代……这样的教育导致很多文艺作品的空架子。别折射了，写三天就写三天，写小事儿就写小事儿，行不?”架子空了，真不好看。萧红是一个被过度消费的作家，其实她的好，就是没有概念，写自己见到的，识到的，经历到的，保持一种深刻的纯粹而已，丰富的单纯。

木心还这样解读一些坏习惯：鸦片，酒都好，但不要做鸦片鬼酒鬼，什么都不要大惊小怪，不要推向极端。他说，生活像什么呢？傍晚上酒吧，智者选了美味的酒，愚者买了烂酒，还喝醉了。

木心先生把中国的书都读通了，一通百通，畅通无阻的感觉，让人更热爱中国的古典文化，了解自己的好。珍惜自己的好，而又眼光开阔，读到背后的一种静美。

《文学回忆录》里不只中国文学，木心先生对西方文学也有非常别致的理解，比如他说到托尔斯泰有这样一句话：“忧来无方，窗外下雨，坐沙发，吃巧克力，读狄更斯，心情会好起来，和世界妥协。”真好。文化其实都是相通的，在木心先生那里，我懂得了什么叫心领神会，天马行空。我把他赞不绝口的《苔丝》找出来重读了一遍……还是那句话，做不到什么是好，但至少知道什么是好吧。

记得书中提到这样一个场景，有一天，外面阳光灿烂，他走进课堂，这样说：“一路走来，觉得不知原谅什么，诚觉世事尽可原谅。”

世界美妙的角度其实很小，每个人都可以找到。但愿你也不知原谅什么。

我没听过木心先生讲课，但我真心希望有一天我也能目光如炬。

顺带说一句，与此书同类的还有《顾随诗词讲记》和《读书十年》，能看到一些大家的风采，怎么说也是一件幸运的事。

枕边书

我一直对枕边书很有兴趣。我的枕边书是什么？床头应是清雅回归之地。我的心水枕边书有《浮生六记》、《陶庵梦忆》，明清小品类的书真的耐读，清简意趣、生活情致如神来之笔，字字珠玑，令人枕边隐隐梅香，是大美大爱，可以反复品读，心情一烦杂，这类书就能让人迅速平静；还有《随园食单》，虽是一本才子古书，真的是美食类书的极致，后来者无法超越，写出了食物之外的人生格局，语言练达，很有意境，即使不擅厨艺的人，都能获得美食之外的诸多热爱，一饭一蔬间气息流淌，疏疏几句，清朗灵动，也是一本清静愉悦的枕边书；丰子恺的小画系列也是不错的枕边书，静静翻过，眉目灵动，乡土气息跃然纸上，一山一水一月一饼一小童，清静无限，如一缕清香，心也会随着安静下来，是当之无愧的枕边书。当然，日系的《枕草子》、《源氏物语》，也是夏夜恰当的枕边书，语言清凉素净，时空转换，叶片飘飘，眼波流转，盈盈香气宛然纸上流淌，“夏日之夜，犹如苦竹，竹节细密，顷刻之间，随即天明”……还有《圣经》，到目前为止，我没有明确的宗教信仰，但是我心存敬畏，圣经，佛经我都读，《圣经》旧约部分的《传道书》、《诗篇》、《箴言》真的是灵动大美，清简唯美无可替代，的确是神的语言，良人溪流小鹿鸽子……别人看到的是教义，我看到的是语言的丰盈。《圣经》的纸翻起来很舒服，小小的开本，也是不错的枕边书。

说来说去，我喜欢的书第一要语言清美，再有意义如果语言不好，我读不下去。可能还是口味太单一吧，所以格局不开阔。每个人都有局限，限制中也有自由，读书本是怡人，这样想心里就释然。昨天看董桥的一本书里写到这样一句话：“心里有个暗暗的角落藏着一份喜悦，那是天赐的恩宠了。”这也是我读一本好书的感觉，它会让你感觉生活更美好。要那么多意义干嘛？

附录：

我时时能想起重读的书。

《今生今世》，胡兰成的书，文字非常婉转流丽，古雅有韵律感，像在田埂上散步的简静。他的古文功底非常扎实，这种文字读上去非常舒服，岁月静好，有金粉金沙掩埋的宁静。他写的感情非常别致，细节清丽传神，哀而不伤，韵味无穷。这是我旅行中常带的一本书，看过不下三四遍。

《红楼梦》的好处自是不必说，每个年龄段读感触会不一样。

人生的沧海桑田，繁华落尽，一切尽在不言中。一曲苍凉酒一杯，难得的大气通透，还有无尽的古典的美感。

《伶人往事》，章诒和的书，现在已不再版。写给不看戏的人看的书，特殊的背景暂且不说，人生本是一出戏，戏里戏外，里面的种种讲究和执著，特殊人物的特殊命运，出神入化，沧桑变幻，人性的某种复杂和坚持，一般人的确难以企及。章的笔触真的可以算得上难得的大气。那边唱得苍凉，这边看得眼热。

《浮生六记》，最苍凉有味的闺房之书，文字画面非常雅致。

《月亮和六便士》，毛姆。探索人生的另一种可能。每个人的心里都有一头猛虎。心有猛虎，细嗅蔷薇。盛宴之下，泪流满面。当你低头看脚下的六便士时，忘了头上的月亮。有些人不一样。傅惟慈的翻译，简洁大气，灵动传神。

《安娜·卡列尼娜》，我很少读什么大部头，对名著的兴趣其实不大，但这部，却列入了一再重读之列，因为让人唏嘘慨叹，把人性的一些真实的东西撕开了掰碎了呈现在人的面前，悲剧性的绝决。草婴的翻译也大气。

《聊斋志异》，不要把它当鬼怪故事去读，篇篇灵动简练有趣，一流的古文，文字的大美，古文的精髓在这里体现得淋漓尽致了。

《莲花》，安妮的文字非常有美感，独树一格，有关旅途，有关内心深处的隐秘忧伤，有关人的殊途同归的宿命。写在水里的文字。有些文字如果过多探究意义本来就失去了意义。旅途中，我也喜欢带上这本书。

《源氏物语》，非常有美感的日系书，语言和意境美得不可方物。

《枕草子》，清新灵动鲜活的日系书，“那是一件有意思的事”，这是主人公的口头禅。信手拈来的天地灵气，人世流转。

……

结束篇：两相惜

我不知道是不是有很多人和我一样迷恋日记本。对纸张的迷恋让我对本子有一种情结。

第一次去香港，除了去南丫岛，只去了香港本土弥敦道上的一间铺，无印良品。买了一本日记本，发黄的再生纸，温润舒适，笔写在上面有一种流淌的感觉。这个日记本成了我在香港的纪念品。后来的一次，带父母再去香港，路过星光码头附近，看到奢侈品店门前排的长队，觉得不可思议，人的兴趣千差万别，真是奇怪也是有意思的事。

我包包里通常会带两个本子，一个是记事本，随手记下一些想法和备忘的事，一本是读书笔记本。

一大一小。随身携带。

再后来，我发现了“读库”制作的本子，原本不喜欢硬壳本，但对读库却例外，他们的本子实在漂亮。第一本买的丰子恺黑白画系列，用它做读书笔记，亦动亦静，闲情逸趣扑面而来，真像封面弘一法师的墨宝：佛性童心。弘一法师是丰子恺的老师，喜欢他的几句谒语：君子之交，其淡如水；执象而求，咫尺千里；问余何适，廓尔忘言；花枝春满，天心月圆。丰的黑白画这种意趣也是信手拈来。素白纸笺，衬得字如珠玉。因为这样的本子，写笔记觉得是十分惬意的事。

有时，和朋友一起吃饭，说到精彩处或是一本好看的书，两个人都同时翻出本子作记录，真是有趣。某日，一位朋友给我看她的工作笔记，一边记事，一边画小画，咖啡杯、人脸、窗帘、天空，万物皆生诗情画意。看得我直慨叹，朋友说，不过是小时候学了几天罢了，枯燥的工作一下子有了点缀。看到这个本子后，我都有些萌发画小画的念头，但可惜的是我一点功底都没有，真是遗憾，看来，画画，弹琴，音乐，写字，都应该是基本功，而不是要搞什么专业，基本功就是会，随手拈来就好，并不刻意。成年后，这些都会变成人生随手的乐趣，真好。

一本记完，我又用第二本，谢友苏的苏州“市井”系列，苏州民间巷陌风情，非常生动。打苍蝇，纳凉，下棋，散步，饮酒皆入画来，画中有人生和真意，街头巷陌的风情流转，很喜欢。打苍蝇这幅图：“儿子稳着椅子，椅子摆着凳子，凳子上站着老子，老子举着拍子，身后则是不停指点的娘子，手忙脚乱的一家人，各自分工，连呼带叫。”竹帘垂着，方桌上罩着纱网，柜上摆着兰花，榻上放着蒲扇，屏风上画着鸟……笔记本上一段话特好：

“非分的念头，也是一种苍蝇，它嗡然而飞，绕然而落，若是不打，必然搅得人六神无主，过得不安生，不过，幸好有谢友苏先生教我们打苍蝇。”把平淡的生活变得不一般，这才叫本事。我喜欢看到这些欢喜自在，有滋有味的普通人和生活。

我收到特别珍重的礼物是一本厚厚的手工纸本子，发黄的怀旧模样，一朋友用很古雅的信纸写信随本子一起寄来，最后一句就是：“附的这个本子，也是什刹海边寻得的，连一个黄昏的意境一同奉送于你。”我就是这么务虚，常常被这种氛围打动。

日本京都有一个百年老店“柿本纸司”，里面有一种手工纸，上面印的都是岁时植物，旧时纹样；有一种纸取名“洛中之雨”，浅金，薄银，青柳。真正是雨雾满天，烟气腾腾。光是摸摸，已觉得前世今生，不忍直视。

记得有一本书里描述日本旧书铺的老板，非常喜欢画画，有很多古雅朴素的速写本，装满一只小书架，一本里画的是牵牛花的成长，从播种到发芽，长叶，开花，凋萎，细细画来；一本画的是与小麻雀的邂逅，从某日捡到它，照顾，某个大风的日子，麻雀悄悄死了，眼睛闭上了……旧旧的本子，线条简洁清雅，笔触温柔。一个活在沉静世界里的人。阳光照进露台前垂下的细密竹帘，外面是寂静的街巷。

有一次因为工作去采访一个人，聊得比较投机，最后我合上记录本时，她笑着分析我是个怎样的人，分析得还挺准确，她的目光很长时间停留在我的日记本上，那也是一本简净的笔记本，上面写着三个字：两相惜。里面是怀旧电影海报影像。

有人说纸书会消失，我从不这样认为，阅读的乐趣一半是由于纸。纸不会消失，书也是如此。因为它们都流转于时间之外。

且以喜乐。且以永日。

后　　记

这是一本跟阅读相关的书，是我个人偏爱的主题。最后修订正值初夏时节。我刚从遥远的拉萨归来，青藏铁路，48 小时的火车，封闭的空间，不上网，不用电脑。睡眠不好，可以做的两件事是阅读、看风景。拉萨对于别人来说，是心灵净化的地方，它对我只是一段凝固的时光，一个过程。在过程里，我已看到了一切。

我的编辑郭静说，想做一本朴素干净的书，而我，也是如此想法。她对其中的少量文字提出异议，细心地与我商量，我说，不合适的、稍微感觉刺眼的都删去，宁少勿多，宁拙勿巧……对于文字的清简境界，我还远远未曾达到，但在努力中。谢谢郭静的知遇。

梔子花已经开了，浅淡香气。风吹溪流，漫长雨季，未曾结束。

书桌旁，一本武汉老街市上淘来的旧书上印着古体文“布衣暖/菜羹香/诗书滋味长”，平实的物与字，如清水一盏。不管写与不写，阅读是我喜欢并且享受的事，希望你也如此。

谢谢你此刻的阅读。也愿你有所得。

子沫

于 2016 年初夏夜雨

图书在版编目(CIP)数据

随时随地有滋有味/子沫著.—武汉:武汉大学出版社,
2016.11
ISBN 978-7-307-18644-6

Ⅰ.随…　Ⅱ.子…　Ⅲ.随笔—作品集—中国—当代
Ⅳ.I267.1

中国版本图书馆 CIP 数据核字(2016)第 220132 号

责任编辑:郭　静　　责任校对:汪欣怡　　版式设计:韩闻锦

出版发行:**武汉大学出版社**　(430072　武昌　珞珈山)
(电子邮件:cbs22@whu.edu.cn 网址:www.wdp.com.cn)
印刷:武汉精一佳印刷有限公司
开本:787×1092　1/32　印张:8.25　字数:162 千字　插页:2
版次:2016 年 11 月第 1 版　　2016 年 11 月第 1 次印刷
ISBN 978-7-307-18644-6　　定价:29.00 元
